贺敬之是
新中国民族歌剧
的奠基者。茅盾说：
“《白毛女》是中国第一
部歌剧”,由贺敬之和丁
毅执笔的该剧揭示了
“旧社会把人逼成鬼，
新社会把鬼变成人”
的真理，鼓舞着
觉醒的人们去完成了一个
伟大的时代任务。《白毛女》于1951
年荣获斯大林文学奖。新中国“十七年
文学”时期，贺敬之是自由诗创作的领军
人物。从《回延安》、《放声歌唱》到《雷锋
之歌》等作品，极大地鼓舞了站起来的人们积
极投身社会主义建设事业的热情。他的诗歌作品
被选入小学、中学、大学教材，直接影响了一代
人的茁壮成长。“改革开放四十年文学”期间，
贺敬之是新古体诗歌的提倡、整饬和弘扬的旗手，
他创作的《心船歌集》在中国新诗发展史上独树
一帜。本书是一部十分难得的对贺敬之诗文艺术
进行研究和鉴赏的力作，对于推动新时代文学艺
术的发展有着独特的借鉴价值。

贺敬之诗文艺术摭论

韩彦军 著

群众出版社·北京

谨以此书献给贺敬之老师，以及所有为中国、为人民、为社会主义和为当代与未来传播正能量的老师、同志和朋友们。

——作者

目 录

铁干铜皮碧玉枝　庭前老树是吾师
——《贺敬之诗文艺术摭论》评序 / 001

人品·诗品·文品

人生至境是崇高
——读《贺敬之文集》/ 003

浩荡胸襟抒豪情
——读《贺敬之诗选》/ 027

诗歌散文辉相映
——读贺敬之新诗《回延安》与散文
《重回延安——母亲的怀抱》/ 033

他的评价恰如他
——读《贺敬之文集·文论卷》/ 053

自由诗·成就·技法

痛得滴血的诗句
——读贺敬之早期自由诗《乡村的夜》/ 067

别样诗句蕴意深
——浅谈贺敬之政治抒情诗中的词汇交融 / 113
术语入诗亦神奇
——浅谈贺敬之政治抒情诗中抽象词语的运用 / 116

新古体诗·倡导·成就

与时俱进写风流
——贺敬之新古体诗体式贡献浅探 / 125
妙在有范无范间
——贺敬之四句八句新古体诗规律特点浅探 / 139
诗中茅台万里香
——贺敬之新古体诗名句警句赏析 / 148
贺敬之新古体诗技法分类 / 174
贺敬之新古体诗仄声韵诗作分类 / 198

戏剧·成就·特色

一部杰出的秧歌剧
——读贺敬之四场秧歌剧《秦洛正》/ 205

文学理论·丰富·拓展

谁是文艺疏凿手
——贺敬之对中国社会主义文艺理论的丰富和发展 / 223

后记 / 236

铁干铜皮碧玉枝　庭前老树是吾师

——《贺敬之诗文艺术摭论》评序

王宝大

作为教书者的我，为别人写个序言，本来不是什么太难之事。但面对韩彦军的这部专著，却让我为难起来，并踌躇再三。因为作者所评论的人物确实非同一般，而他的作品在一个时期，又是那么具有影响力，把握起来绝非易事……

一

在文学领域，贺敬之确实是一位传奇式的天才人物。这主要表现在他的旺盛的生命力、敏锐的洞察力、澎湃的激情和不间断的创造性劳动上。而“人的劳作怎样，人的本质也就怎样；人的创造性活动如何，人性的面貌也就如何……”“人只有在创造文化的活动中才能成为真正意义上的人，也只有在文化活动中，人才能获得真正的自由。”（卡西尔语）正是在这种极其深厚的创造性历练中，他铸就了自己不同寻常的人文本质与人性风貌。他是罗曼·罗兰所说的“以心伟大的人”。

尽管时下评论纷纭，但在中国现当代文学史上，他拥有的三顶桂冠，却是同时代作家中任何人所顶戴不得的（或是说，其他人没有“劳作”到他的程度）。这三顶桂冠就是：

一是中国民族歌剧的奠基者。茅盾说：“《白毛女》是中国第一部歌剧。”该剧以“旧社会把人逼成鬼，新社会把鬼变成人”的鲜明问题，鼓舞着觉醒的人们去完成一个伟大的时代任务。因此，当时的苏联评论家、翻译家 B·H·罗戈夫认为“具有特殊的功绩”。1951 年该剧获得斯大林文学奖。

二是新中国成立后，“十七年文学”时期，他是自由诗创作的领军人物。《回延安》、《放声歌唱》、《雷锋之歌》等作品，极大地鼓舞了站起来的人们积极投身社会主义建设事业的热情，是“时代最完美确切之解释”，其《放声歌唱》是“任何诗人任何诗篇所不能代替的共和国史诗”，被誉为“建设共和国精神文明的主要支柱”（严昭柱语）。他的诗歌作品被选入小学、中学、大学教材，直接影响了一代人的茁壮成长。

三是“改革开放四十年文学”时期，他是新古体诗歌的提倡、整饬和弘扬的旗手，在中国新诗发展与成长史上独树一帜。翟泰丰指出：“对新古体诗创作的探索、创新，是他在诗歌美学发展中多方面探索、创新过程中的再探索、再创新……具有新的历史意义。”关于这后一方面的认知，只要你阅读一下由复旦大学出版社出版的《新古体诗三百首》（2015 年版，丁毅、范英梅编著）和由现代教育出版社出版的《中国新古体诗选》（2016 年版，樊希安、丁国成主编）两部选集，便可一目了然。

面对这些不争的事实，张器友教授也指出："贺敬之创作道路上有三座里程碑。第一座是延安时期延安鲁迅艺术学院集体创作、由他及丁毅执笔的歌剧《白毛女》，第二座是新中国成立后创作的新诗集《放歌集》，第三座是 1980 年以来创作的'新古体诗'《心船歌集》。贺敬之文艺创作的成就，由这三者所体现，三者缺一不可。"①

当然，这些成绩还不包括他早期的以《乡村的夜》为代表的诗创作，以《南泥湾》为代表的歌词创作，以及他在领导岗位上的辛勤工作和对马克思主义文论的诸多贡献和坚守。贺敬之生于 1924 年，14 岁开始写诗，于 2013 年近 90 岁时歇笔（见《心船歌集·增补本》），现 95 岁高龄，心康体健，创作年龄达 75 年。

二

韩彦军的这部专著，与一般的文学评论和阐释性专著相较，是有着自己鲜明个性和特色的。卑以为，这正是它的优长之所在。

① 载《文艺理论与批评》2014 年第 6 期。

这种优长，首先表现在：身心投入，情理并现。

通读韩文我们感受到，作者不是在对研究对象的人格及其作品进行所谓“冷静地”、“纯客观地”分析和探究，而是怀着浓郁的仰慕和崇敬之心，同时又带着严肃科学的思辨来进行发掘和剖析的。于是在字里行间，就透出情深意切之貌与析彻理至之风。张江在《公共阐释论纲》中指出：“非理性精神行为可以参与阐释过程，精神性体验与情感意志是阐释生成的必要因素。但必须经由理性逻辑的选择、提纯、建构、表达而进入阐释。这是一切阐释之所以可能的必要前提和实现要件。”①韩彦军在此书中，正是这样做的。他将自己对贺敬之的热爱与仰慕，当成了阐释的“必要前提和实现要件”；将自己在贺敬之诗文中获得的“精神性体验与情感意志”作为“阐释生成的必要因素”。因此才出现了“情理并现”的阐释效果。读其文既感“晓之以理”的启迪，又受“动之以情”的感染。

这种优长，其次表现在：弥纶群言，研精一理。

为了完成这部专著，韩彦军不仅精读了贺敬之的所有文艺作品及其文论，而且还细读了由陆华编选的皇皇大著《贺敬之研究文选》（上下两册，计1380千字）、丁正梁的《贺敬之新古体诗选释》，以及随后在报刊上出现的对贺敬之评论的其他文章等。应该说，仅就如此浩大的阅读量，读进去就是一种功夫与境界。在此基础上，又提出自己的学术见解与判断，凸现出作者的追求与用力程度。也就是在作者“敛身正坐，缓视微

① 张江：《公共阐释论纲》，载《学术研究》2017年第6期。

吟，虚心涵泳，切己省察”（朱熹语）的读书理解过程中、在学术问题的论证上，才体现出了刘勰的“弥纶群言，研精一理”的切实求证精神。卑以为，这是最难能可贵的。本书论述了五个方面，在“弥纶群言”的基础上，对这五个方面，作者都提出了自己独到的见解。

这种优长，第三还表现在：广中取精，具体而微。

如前所述，韩彦军所涉猎的五个方面是：贺敬之的“人品·诗品·文品”、“自由诗创作成就·特色”、“新古体诗创作的倡导·弘扬”、“戏剧创作的成就·特色”以及他对“马克思主义理论的坚守与拓展”。一言以蔽之，有关贺敬之的人品、精神、境界、创作、技巧以及文学主张、美学贡献等，全包括在内了。他在探讨每一个方面的时候，尽量关注每一个人的说法，每一个人所用的材料及论证方式，并且特别注意对此问题到底探索到了什么程度，然后“去伪存真”、“去粗取精”，在辨析中提出自己的见解。这种做法，实际上就是真正做学问的方法、真正科学研究的方法，也是真正“坐住冷板凳”的方法。在这种思维方式下，每一个方面，他谈的长短不一，或是对已定论观点的概括，或是对前沿观点的辨析，总会提出自己的新见与新识。这样，五个方面整合起来，无疑就构成了一部具体而微的“贺敬之全论”，甚至可以说就是“贺敬之作家、作品全论”。不言而喻，你若读了韩彦军的这部著作，实际上对贺敬之的方方面面也就全理解了。

三

那么，韩著的新识新见到底表现在哪里呢？笔者以为有这样三点是值得称道的，略说如下：

第一点，通过对秧歌剧《秦洛正》的思想内涵及艺术手法的分析，补充和丰富了贺敬之戏剧创作的精神内质和艺术成就的含金量。

在韩彦军看来，歌剧《白毛女》是大框架、大制作、大手笔。自问世以来，好评如潮，其影响也遍及中外。而秧歌剧《秦洛正》在这种情势下，就几乎被掩盖了。“但六十多年后的今天，笔者阅读这些剧作（还有《节正国》等），反而认为：不仅立意正确鲜明，而且艺术成就也非常高。”仅就艺术成就而言，作者指出这部喜剧，剧情跌宕起伏（场景集中、时间集中、矛盾集中、情节巧妙、结构严谨，善用后场烘托、对比催生气氛），人物栩栩如生，语言本色严谨，巧用闲篇碎语等手法与技巧。“艺术成就并不逊于《白毛女》。”这些都是评论者站在今天的时代角度，对该剧所作的认真分析与发掘。这种新的探求，既弥补了由于种种历史原因造成的遗漏与不足，同时也因立足在当下维度上，而使结论更客观更可信。这些新见与新识，与以往对《白毛女》及贺敬之的其他剧作评析汇聚于一处，无疑是对贺敬之戏剧创作研究的一种拓展。马克思是主张“艺术生产论”与“生产性文学批评”的（见《政治经济学批判导言》)。在此，韩彦军是在充当着“贺敬之戏剧创作文学批评”积极的“生产者角色”的。

第二点，总结了贺敬之自由诗创作的一些突出的技巧与手法。

贺敬之的自由诗创作，在“十七年文学”期间，达到了高峰，创造了中国当代文学史上的一个奇迹，形成了一股风潮。他的诗在当时家喻户晓，妇孺皆知。这种情况，一方面和我国当时的政治形势有关，另一方面也说明了贺诗的影响力之深之大。为什么在别的诗人身上没有出现这种“轰动效应”呢？就是有力的反证。与此同现的是，对贺诗的好评如涛似浪。创作者和评论家相互应答、高潮迭起，远远超过了当年“普希金们”和“三个斯基”的唱和，蔚为壮观，声威不凡。但在热潮消退之后，我们再回眸审视这排山倒海似的评论，却发现评内容多，评形式少；评思想多，评技法少；评影响多，评审美少。韩彦军的可贵之处在于他冷静客观地注意到对贺式自由诗思想内涵的分析，又特别对贺诗的体式、句式、技法、手段、抽象词语的运用以及其名句、警句的意蕴作了中肯的分析与发掘。由于经受了历时的淘洗，又置于共时的比较，这些分析和发掘就更凸显出其价值。它的切实意义就在于，对贺敬之自由诗的艺术探求大大向前推动了一步，或者说，对当时多注意其意义而忽略了艺术成就的探索进行了必要的补充；也是对时下某些自由诗创作的小众化、小圈子所造成的诗派、诗艺表达方式的一种借鉴与纠正。卑以为，这后一种价值更为可贵。因为有些人似乎忘却了一个基本事实：西方现代派和后现代派其诗其艺，是他们所处的社会形态的产物。列宁说，马克思主义活的灵魂在于具体问题具体分析。我们不假认真分析，就生硬地拿过来，实质上是一种严重的错位。而更令人注意的是，现代主义和后现代主义，早就有人说那是“黄昏后的契机”① 了。人家自己都认为“夕阳无限好，只是近黄昏”了，我们为什么不假分析地还把它当做宝贝呢？诚然，艺术借鉴从来都是相互的，而且常常出现“倒流”现象。西方的意象派其实就是借鉴了我们李白、王维的意象手法而得。可是中西“意象”内涵及操作却不尽相同。相对照，韩彦军的这种对贺敬之自由诗美学及艺术性的探求与发掘，则是在真正地总结我们自己诗学中应有的成就和经验。

第三点，对贺敬之新古体诗的创作成就、美学贡献、体式、句法、技巧等做了较为完整的梳理。

在接受美学看来，作家的创作高潮，常常是与受众接受的高潮相呼应且吻合的。在向贺敬之一边学习、一边开掘的过程中，韩彦军敏锐地注意到这样一个问题，这就是：贺敬之的自由诗创作高潮是在十年之内完成的（1956 年至 1965 年）。他的新古体诗创作及其高潮则持续了 37 年（1976 年至 2013 年）。前一个高潮可谓惊天动地，气势非凡，影响巨大。而后一个高潮呢，持续时间几乎等于前一个高潮的四倍，岂不更值得评说

---

① ［英］凯文·奥顿奈尔：《黄昏后的契机：后现代主义》，王萍丽译，北京大学出版社 2004 年版。

与探求吗？于是他便在这方面下了更深的工夫，花了更大的气力。应该说，这正是他的睿智之举和目光深邃远大的表现。因为这个高潮更是一座富矿，而世人还未尽其开发。韩彦军不愧是一个真正的有眼力的“耕耘者”。他收获了哪些成果呢？简单概括起来有这样一些：“新古体诗的美学贡献”、“新古体诗的创作技法及其分类”、“新古体诗句式规律特征”、“新古体诗仄韵诗分类”、“新古体诗名句、警句意蕴剖析”，等等。恕笔者孤陋寡闻，我以为这是到目前为止，对贺敬之新古体诗的诗学贡献及其艺术成就的一次较完整的总结与阐述。同时，也为后来者奠定了基础，规划了掘进的方向。

关于新古体诗，恕笔者多说一句，在我看来这种诗体是在我国古典宽律诗的基础上，同样是经历了五四新文化运动而涌现出来的新诗的一种。甚至与学习、借鉴、引进的自由诗相较，它反倒是中国传统诗歌的正脉。只不过在很长时间内，被强大的自由诗阵势所掩，而在不自觉地写作而已。随后，在贺敬之倡导、整饬和弘扬下，才大大发展起来，并形成了庞大的创作队伍。新古体诗的资深评论者丁毅说：“这是旧诗中属宽律的古体（古风），在‘五四’以后白话文主体地位确立后的自然发展”。[①] 他还指出：“陈毅投身革命后写下的第一首诗《红四军军次葛坳突围赴东固口占》就是典型的新古体诗（时在 1929 年 2 月）。”[②] “进入新时期以来，以写新诗《回延安》

① 丁毅、范英梅编著：《新古体诗三百首 · 前言》，复旦大学出版社 2015 年版。
② 丁毅：《新古体诗创作的重要阶段》，载王宝大：《矗立的群峰 · 序一》，北方文艺出版社 2017 年版。

《雷锋之歌》闻名的贺敬之采用古体（古风）写诗，这类诗歌被人称为新古体诗，于是诗坛有了这个名目。”①

这就明确指出，“新古体诗”这种新形态的诗，在它还不自觉地创作与运行过程中，贺敬之不仅是它的倡导、整饬、弘扬者，而且是奠基者、旗手，更是身体力行的实践者与创作理论的开创者。故顺理成章地说，研究他的新古体诗创作的成就、美学贡献及其艺术手法、艺术技巧，实际上就是在对中国新古体诗创作成就美学贡献以及现状做梳理、总结和拓展的工作。我想，这就是韩彦军对贺敬之新古体诗研究的真正价值和意义。

吾今为之写序，既偏获一个难得的学习机会，也向德高望重的贺老与青年才俊小韩表示由衷祝福。清人李方膺的诗句“铁干铜皮碧玉枝，庭前老树是吾师”，原是说学画要道法自然的，但我取其喻义倒觉得更有韵味。故用此作序题，还望贺老与小韩多多指正。

2019 年 5 月 2 日至 25 日于哈尔滨师大一稿

2019 年 6 月 4 日至 12 日于哈尔滨师大二稿

（本序作者王宝大，系山东安丘人，1964 年夏毕业于哈尔滨师范学院中文系，毕业后留校工作。五十多年来从事现代写作教学与研究，辅以新诗创作，并醉心于中国现代新诗创作理论之探

① 丁毅、范英梅编著：《新古体诗三百首 · 前言》，复旦大学出版社 2015 年版。

求。曾任哈尔滨师范大学中文系教授、中国写作学会理事、黑龙江省写作学会秘书长，现为黑龙江省作家协会会员。主要著述有：论文三十余篇，专著三部（国家级两部），参与编写全国与本省统用教材三部，其他著作四部（国家级一部），主编民俗文化志一部。主编《中国现代名家诗歌分类品汇》（六卷）、《永远的风景》（诗集），参编《中国当代大学生诗选》。出版个人诗集《飘逝的海湾》、《复调的晚宴》、《昨夜西风》及新古体诗集《恬静的山村》、《奔腾的碧溪》、《矗立的群峰》。）

人品·诗品·文品

人生至境是崇高

——读《贺敬之文集》

“赤心赤旗赤县民”——崇高的理想信念

在二十世纪五六十年代，贺敬之作为诗人，他为自己的祖国放声歌唱，唱出了一种磅礴宇宙的心声，也唱出了当时整个时代的心声。

哪里是我/最迷恋的地方？/哪条道路啊/能引我走上/最壮丽的人生？（《卷1》444 页《雷锋之歌》）

让我一千次选择：/是你，/还是你啊/——中国！/让我一万次寻找：/是你，/只有你啊/——革命！/生，一千回，/生在/中国母亲的/怀抱里，/活，一万年，/活在/伟大毛泽东的/事业中！（《卷1》446 页《雷锋之歌》）

我的/鲜红的生命/写在这/鲜红旗帜的/皱褶里。(《卷1》330页《放声歌唱》)

我的工作:/为祖国/劳动/和歌唱,/我的誓词:/“为共产主义/奋斗/到底!”(《卷1》331页《放声歌唱》)

我们/今生事业——/就是把这/可爱的地球/造成一颗/走向/共产主义的/行星!!(《卷1》381页《东风万里——歌八大第二次会议》)

贺敬之能唱出这样的心声是不难理解的,因为那是一个激情如火、信念如磐、蒸蒸日上的年代!同时,从国际环境来看,也是共产主义运动高涨的年代。正如贺敬之所说:

——地球:/黑白分明。/光明——在扩大,/阴影——在缩小。/变化速度:/在每一秒钟。/风向:/东风/压倒西风!(《卷1》380页《东风万里——歌八大第二次会议》)

在这样的“顺境”里,人,是很容易坚定自己的信念、增强自己的信心的。

但是,历史也同样告诉我们,“逆境”容易使人改变自己当初的选择。“四·一二”和“七·一五”的血腥就吓坏了某些革命者,有的甚至走向了革命的反面。后来中国进入改革开放时期,同样经历了生死考验,这就是资产阶级自由化的泛滥。特别是二十世纪八十年代末和九十年代初,随着苏联和东欧社会主义国家“易帜”的“苏东波”悲剧发生，国际共产主义运动走向低潮，“怀疑论”一时甚嚣尘上。在这个严峻的考验中，有不少人迷失了方向。

那么，这时候的贺敬之还会信念如磐吗？

1990 年 3 月，作为文化部代部长的贺敬之在一次会议上这样讲道：

有人说，我们现在还搞得下去呀？东欧都这个样子，连苏联都这个样子，你们还学什么毛泽东文艺思想、《邓小平论文艺》，他们还坐得住吗？我说，我们是坐得住的。正因为世界风云突变，我自岿然不动。要相信，红旗还是打得下去的，我们的革命文艺的红旗还是打得下去的。(《卷 4》312 页《让我们学习吧!》)

这，就是贺敬之。

诗，是贺敬之表达思想感情的最主要载体。对理想信念的坚定，从他的新古体诗里可以得到印证。

1985 年，贺敬之在《咏烟台》中写下了“不令儿辈朱颜改，还向红旗写壮怀。”(《卷 2》85 页) 1989 年春天，贺敬之访大理有感，写下了“此生念念寻大理，心泉终信万蝶来。”(《卷 2》197 页) 1991 年年底，苏联红旗彻底落地。1992 年春，大病初愈的贺敬之“泪如注，心如烛”。他问天问地问苍生：“梁山易帜后何如?”并坚信：“一滴敢报江海信，百折再看高潮来!”(《卷 2》234 页) 1993 年 10 月底，贺敬之如是说：“百世千劫仍是我，赤心赤旗赤县民!”(《卷 2》266 页)

1997 年 10 月，贺敬之面对南湖红船，再次向世人发出他共产党员的赤子心声：

无须问我——/鬓侵雪、/岁几何？/料相知——/不计余年/此心如昨。/今来几度逢队日，/此情俱与少年说。/紧挽臂，/登船同看：/电光闪处当年舵；/烟雨楼上——/听万里涛声/共唱/心船歌。（《卷 2》588 页《咏南湖船》）

如今，已 93 岁高龄的贺敬之依然“此心如昨”，“再向大理前路行”。（《卷 2》578 页）因为他坚信——

红旗——/决不会倒下！/火炬——/决不会熄灭！（《卷 1》514 页《回答今日的世界——读王杰日记》）

“欲探真美入下层”——深沉的为民情怀

“人民”，是贺敬之心中最伟大的字眼。因为中国共产党的根本宗旨就是全心全意为人民服务。

1941 年，17 岁的贺敬之写下了《五婶子的末路》、《鸡》、《夏嫂子》、《儿子是在落雪天走的》、《弟弟的死》、《小全的爹在夜里》、《葬》、《醉汉》、《黑鼻子八叔》等多首反映家乡旧社会黑暗生活和人民奋起反抗的诗作。在这些淳朴的诗作里，表达了作者对旧社会压迫者的强烈愤慨和对广大受奴役的穷苦农民的无比同情。

1945 年 10 月，在从延安到张家口的途中，贺敬之写下了《行军散歌》组诗，其中有一首《看见妈妈》。在这首诗里，他记录下误把善良的老妈妈作为亲妈妈的过程。当老妈妈说："年轻的八路军你认错了人，/擦干眼泪你看清!"（《卷1》240页）他深情满怀地说：

咳，妈妈呵，说我错认我没错认，/叫我看清我早看清。//……//八路军啊，老百姓，/本就是母子骨肉亲。//哪一棵秫不结子？/哪一个穗穗不连根？//为了爹妈不受穷，/为了我们要翻身；//……//为了妈妈生和死，/水里来了火里去！//为了妈妈死和生，/烂了骨头也甘心！（《卷1》240页）

贺敬之已把对人民的爱和对母亲的爱有机地统一到了一起。

新中国成立后，贺敬之的一系列新诗杰作，虽然描写的是对党、对祖国、对共产主义的爱，表现的是时代的风云，但无时无刻不在表达着对人民的爱。因为，对于贺敬之来说，党、祖国、人民和共产主义是一个完全统一的整体。

生活中，我们会发现这样的现象：有的人随着时代的变化、地位的改变，会无意有意地忘记自己的过去，会忘记自己曾经忠诚和热爱的对象，特别是和人民的距离越来越远。新时期以来，贺敬之先后被任命为文化部副部长、中宣部副部长，后来更是同时任中宣部副部长、文化部代部长和党组书记三个职务。那么，做了领导干部的贺敬之对人民还会一往情深吗？历史在回答：会！

1979年，贺敬之在《郭小川诗选》英文本序中指出：

诗，必须属于人民，属于社会主义事业。按照诗的规律来写和按照人民利益来写相一致。诗人的“自我”跟阶级、跟人

民的“大我”相结合。(《卷3》222页)

1981年，他在《李季文集》序中强调：

诗人和诗，要同人民结合，同时代结合。这是一个具有根本意义的道路问题……这是一切属于人民和社会主义队列的诗人们都应当走的唯一正确的道路，也是真正宽广的道路。(《卷3》339页)

1983年，他在《袖珍诗丛·青年诗辑》序中提醒：

历史是人民创造的。真正能经得起历史检验、具有客观价值的作品，很少有不反映时代风貌，不与人民的生活和斗争息息相关的。才华是很脆弱的东西，它只有在为人民歌唱中才能青春永驻。(《卷3》441页)

1985年，他在接受《词刊》吕美顺采访时谈道：

我觉得歌词（包括诗在内）它首先应该是时代的声音、人民的声音，当然也是作者自己的心声；但作者的心声要和时代的声音、人民的声音融汇在一起，作者的脉搏要和时代的脉搏合拍，离开了时代和人民的声音，光唱你内心那点心声，你的歌就不可能得到广大的知音和人民的共鸣，而成为孤芳自赏的东西。(《卷4》145页)

1990年，他在孔孚作品研讨会上强调：

无论什么风格、什么手法、什么表现形式，更好地和我们时代生活、和人民群众结合总是必需的。(《卷4》318页)

可见，做了领导干部的贺敬之并没有忘记人民。

1992年，从领导岗位上退下来的贺敬之依然没有忘记人民。

1996 年，他在徐放作品研讨会上强调：

作为人品、诗品，都要以科学的世界观——马克思主义指导，考虑我们的出发点，考虑到全心全意为人民服务这个宗旨。(《卷 4》484 页)

1998 年，他在接受“三门峡市荣誉市民”称号的时候，这样吐露心声：

在我看来，没有比同人民在一起，作人民中的一员更为贵重、更为荣耀的了。(《卷 4》505 页)

新时期，贺敬之在新古体诗的创作中，写下了“欲探真美入下层，地心深与人心同”(《卷 2》166 页)、“深采民间源泉水，酿出诗中茅台来”（《卷 2》631 页）等许多和人民心连心、共命运的著名诗句。

从上面列举的例子中，我们可以看到，贺敬之是始终与人民紧紧地融合在一起的。他曾说：“从艾青这个名字出现的第一天起，诗人就自觉地把自己的创作紧紧地和人民的解放事业联系在一起。”（《卷 4》449 页）现在，我们也可以这样说：从贺敬之这个名字出现的第一天起，诗人就自觉地把自己的创作和工作紧紧地和人民的事业联系在一起。

“黄河石涛自家风”——坚强的党性修养

贺敬之是一位勇于自我批评的诗人。他曾经指出：“例如《十年颂歌》这首长诗，今天看来不仅显得无力，而且其中关于庐山的那段批判性的文字还是错误的。”（《卷 3》229 页）其实，这首诗的思想性和艺术性是非常高的。惟其如此，这种坦诚的自我深省，更显现出他是一位具有坚强党性的人。

我们再来看看他在文艺界领导岗位上平反冤假错案的例子吧。

由于“文化大革命”中“四人帮”在文艺界制造了大量冤假错案，大批文艺工作者受到打击甚至迫害。“文化大革命”结束后，特别是党的十一届三中全会后，为包括文艺界在内的受到迫害的同志进行平反成为一项紧迫任务。

作为文化部副部长、部党组成员的贺敬之，按照分工，具体负责文艺界平反冤假错案、解放干部、落实各项政策的工作。二十世纪七十年代末八十年代初，他抱着对党负责、对受迫害的文艺界人士负责的态度，坚持实事求是，做了大量艰苦细致的工作。

比如，他主持召开了影响很大的万人平反大会，公开为受到“四人帮”迫害的张海默、罗静予、王昆等一大批同志平反；为 1957 年反右派运动中被错划的右派平反，特别是为中央美院附中黄因聪等一批中学生平反；为一批《红楼梦》研究专家落实政策；为胡风案件平反，等等。（详见《卷 6》355 页至 357 页）

进入新时期以来，贺敬之一直坚持与“左”、“右”进行着坚决的斗争，特别是和资产阶级自由化的斗争。

由此，我们可以看出贺敬之的坚强党性。

“天地若怀怀天地”——宽广的个人胸襟

《风雨问答录》中有这样一段问答——

（李向东）我在书中看到这样一个例子，有个“文革”中间整你很厉害的造反派头头，知道你管他们的处理问题，很紧张。可是你只在他的检讨书上批了四个字：“欢迎进步”，并且要清查小组的同志转告他，说只要认真总结经验就行了。您能谈谈这件事吗？

（贺敬之）这有什么可谈的呢？我以为这事落到谁头上，都会这样做的。作为党的领导干部，在对待这样的问题上，如果不能不计个人恩怨，还怎么能落实党的政策？（《卷6》356页）

从上面的对话中，笔者想起了贺敬之经常讲的一句话：“得理要让人。”不记恨，不记仇，不泄私愤；理解人，原谅人，宽宏待人。

这，就是贺敬之。

我常常听到一种议论，说谁是谁的人，这很不正常。我们是共产党员，那就是共产党的人；是国家公职人员，那就是中华人民共和国政府的人。这里根本不存在什么属于个人的人。我们讲合格不合格，不是说谁的人就合格，谁的人就不合格。文化部是中华人民共和国的文化部，不是哪一位部长的文化部……至于我是谁的人，我倒是在我的诗里写过我是“延安人”，写过“一万年活在伟大毛泽东的事业中”……现在搞这

些拉拉扯扯的东西，实在不应该，这是一种很坏的风气，文化部要纠正这个不正之风……（《卷4》313页）

这是贺敬之复出时，即任文化部代部长时，在文化部系统处以上干部学习动员会上讲的。从这里我们可以看出，不打“小九九”，不谋小团体，一心为公，光明磊落，掷地金声，用他自己的诗来说：“清江一滴是我身”。(《卷2》227页)

这，就是贺敬之。

1987年，由于资产阶级自由化势力猖獗泛滥，一批坚决反对自由化的同志纷纷去职；当年12月17日，中央通知，“同意贺敬之同志退下来的请求。”（《卷6》520页）在去职的前几天，贺敬之写下了这样的诗句：

解枷非解甲，归田岂归天？南山歌《南泥》，马鸣自跨鞍。(《卷2》167页《戏赠某同志罢某官》)

此海于君非宦海，波击浪打未言哀。发枯岂虑己沉浮？心瘁尽牵国盛衰。向识拨乱须反正，总认继往为开来。临歧又是风雪日，此别依旧此胸怀。(《卷2》168页《题某同志别海照》)

不以物喜，不以己悲，去留两便，却始终不忘与党、与国同呼吸、共命运。

这，就是贺敬之。

呵，/“我”，/是谁？/我呵，/在哪里？/……一望无际的海洋，/海洋里的/一个小小的水滴，/一望无际的田野，/田野里的/一颗小小的谷粒……（《卷1》327页《放声歌唱》)

这是贺敬之对自己的定位。

在领导岗位上，贺敬之经常重复这样的话：

就我个人来说，我的水平、经验、能力都很差，只不过由于偶然，我被安排在这个岗位上来工作了。我和同志们没有任何不同，如果说有的话，那就是我很不够，希望同志们多批评，多帮助我。（《卷6》475页《风雨问答录》）

这些话，多么谦逊！从笔者个人的角度来看，作为一位领导干部，能这样来给自己定位的，实在是不多见。不管作为普通人还是领导干部，从不唯我独尊，从不“高屋建瓴”，而是始终保持谦逊的“平民风格”。

这，就是贺敬之。

1956年，贺敬之创作《回延安》时，激动地写下了“羊羔羔吃奶眼望着妈，/小米饭养活我长大”（《卷1》286页）的真情诗句；1959年，贺敬之在共和国成立十周年的前夕，写下了“啊！我的共和国啊——/母亲！/党啊——/我们母亲的/心”（《卷1》441页）的真挚心声；1998年，古稀之年的贺敬之听说“现在有些孩子不爱自己的母亲。我很惊讶和困惑，困惑而且悲哀。”（《卷6》97页）他怎么也想不通“人，怎么可以不爱自己的母亲——生养自己的母亲，祖国母亲和人民母亲呢?!”（《卷6》100页）吃水不忘挖井人，不管在任何时候、任何环境，永怀感恩之心——感恩党、感恩祖国、感恩人民。

这，就是贺敬之。

在任《剧本》和《诗刊》编委时，贺敬之就主动给投稿者写信。后来，在高级领导岗位上，尤其是在疾病缠身和患青光眼读写不便的情况下，他仍坚持给有才华、走正道的青年作者写信予以鼓励，特别是“希望你把注意力放在那些真正有大成就的或优秀的青年身上”。(《卷6》123页）在王怀让的诗受到人民群众的欢迎而诗歌界某些人却不屑一顾时，他亲自参加并致信王怀让作品研讨会，指出王怀让的诗“不是‘非诗’，而是真诗和好诗，是符合诗歌本义及其发展规律的人民的诗、社会主义的诗。”(《贺敬之谈诗》246页）发现人才，关心人才，培养人才，宣传人才，为青年才俊鼓与呼。

这，就是贺敬之。

动荡社会的记忆

从贺敬之诗作的一些朴素的诗句里，可以了解到他小时候的悲惨生活。

在亚细亚的/灼伤的土地上，/我活过了十六个年头。//十六个年头，/不灭的记忆：/饥饿和死亡。//从一个老人那里，/随他倒下的身躯，/我承继了/债务和刑罚。/然而，/战争的毒火，/赶我/离开了家……//夜的草原，/从那棵老槐树下/我开始了/我十四岁以后的/流亡的道路……(《卷1》41页《生活》)

……一九二四年，/雪落着，/风，呼号着，/夜，漆黑的夜……/在被寒冷封锁的森林里，/在翻倒了的鸟窠中，/诞生了一只雏鸟……//呵，我的母亲，/在这样的/日子里，/你诞生了我！/挂满蜘蛛网的破屋子里，/我的祖母/跪在屋角，/连连地磕头祷告：/“天啊，/俺喂他什么吃？/——这个小东西！”//我的父亲，/躲账在/村庄的酒馆里，/又赊了账，/醉倒在柜台边……//亲爱的同志，/这就是我的/自传的第一页：/时代+灾难+母亲，/这，我就生长起来。(《卷1》66页《雪，覆盖着大地向上蒸腾的温热》)

发生这样悲惨的事情，岂止是他自己？岂止是他一家？看看《醉汉》、《小兰姑娘》、《夏嫂子》、《五婶子的末路》，看看为了能使饿得奄奄一息的婶母喝上一口米汤而不得已烧掉自己一条腿的“铁拐李”，看看为饥寒所迫一刀砍死提着红灯笼的、逃荒外地多年而回来的儿子的“强盗”……最可恨的是日本帝国主义铁蹄的肆虐，让我们看到贺敬之所处的是怎样一个年代——水深火热、民不聊生、家仇国恨。

哪里有压迫和侵略，哪里就有奋起和反抗；哪里有黑暗，哪里就有追求光明的人。不在沉默中爆发，就会在沉默中灭亡。所以，我们对《瓜地》里的那群小孩和“黑鼻子八叔”的奋起抗争、追求光明，就不难理解了；对贺敬之很小就“从进步老师那里听讲革命道理和红军的消息，阅读了一些进步作家的文学作品，目睹农村残酷的阶级压迫情景”（《卷6》493页），同样也不难理解了。

受进步作家和进步书籍的影响，特别是为反抗日本帝国主义的铁蹄蹂躏，小小的贺敬之毅然决然地走上了追求光明的道路。在湖北，在四川，他积极投身抗日救亡活动，参加“挺进读书会”，和同学创办宣传抗日和革命的壁报《五丁》，阅读大量的进步书籍。在颠沛流离的生活中，他寻找着、观察着、思考着，终于——

看清了，/太阳从哪边出来！/花朵/是在哪里开！//我来到这里，/来到/这旗帜底下，/来到/我的同志们中间！//而且，/我是宣了誓的，/我背诵过了我的誓言。//亲爱的同志们！/为母亲，/为祖国，/我来到这个世界上，/来到行列里。（《卷1》70页《雪，覆盖着大地向上蒸腾的温热》）

延安家庭的温暖

1956年春天，贺敬之离开延安十年后，重回延安故土，在《回延安》中写下了动人的诗句，充分表达了对革命圣地的深厚感情。

心口呀莫要这么厉害地跳，/灰尘呀莫把我眼睛挡住了……//手抓黄土我不放，/紧紧儿贴在心窝上。//……几回回梦里回延安，/双手搂定宝塔山。//千声万声呼唤你，/——母亲延安就在这里！（《卷1》285页）

羊羔羔吃奶眼望着妈，/小米饭养活我长大。//东山的糜子西山的谷，/肩膀上的红旗手中的书。//手把手儿教会了

我，/母亲打发我们过黄河。//革命的道路千万里，/天南海北想着你……（《卷1》286页）

因此，如果说黑暗的现实是贺敬之追求光明的最初动因，那么，延安革命大家庭的温暖，则是让他树立共产主义理想的源头活水。

1940年春天，贺敬之和三个同学几经生死磨砺、冲破重重关卡，历时整整四十天，终于到达了西安七贤庄八路军办事处。因为满怀希望，虽然备尝艰辛，却“是不倦的/大草原的野马；/是有耐性的/沙漠上的骆驼”。（《卷1》25页）而一到七贤庄，就感受到了被解救的欢乐和幸福。贺敬之在回答《诗刊》阎延文的提问时，曾动情地回忆起当时的情景：

记得当时的第一顿饭就是大馒头、土豆烩菜。整整四十天，我都没吃过饱饭了，当然高兴。但十六岁的我却不敢吃，悄悄碰了一下同伴，说：“我们已经没钱了。”八路军办事处的同志听了立刻笑起来：“小鬼，放心吃吧。这里不要钱。”我们四个人当时都会心地笑了……（《卷4》518页）

七贤庄的情景让他第一次感受到了中国共产党的温暖。

事实证明：他的向往、决定是正确的，他的历尽千辛万苦的行动是正确的。

到了延安后，贺敬之又是什么感觉呢？还是听听他自己的心声吧：

昨天，/外边落着雨，/你从那山坡上，/拖着泥脚走来，/你问我：/“生活得好吗？”//而今天，/大晴了，/在我的桌子

上，/洒落一大片阳光，/那么，/让我回答你：/“好！/我生活得好，/亲爱的同志！”（《卷1》40页《生活》）

又是什么让他感觉“生活得好”呢？

啊，我睁开/初生婴儿般的眼睛，/推开/窑门——/“同志，请问：/干部处/是不是/在这里？”/“啊，欢迎你，/小鬼！/到延安来/参加革命……/好。/在这张登记表上/写上吧，/你的名字、/履历。/一会儿，/到管理员同志那里/去领/你的碗筷。/你的军装/要‘三号’的，/——唔，不过裤脚/还得卷起……”（《卷1》337页《放声歌唱》）

一个黑影，/走进来——/悄悄地/悄悄地……/伸向我/他的冰冷的/手指。/“唔，是你！”/——我们的/教员同志：/“怎么，又冻醒了吧？”/……/“但是，小鬼，/你要睡觉啊！/给你这个，/——我的这件/破大衣。/这样捆起来，/非常暖和。/这办法，/是我在监狱里/发明的，/现在，/我教给你……”（《卷1》343页《放声歌唱》）

读了这些诗句，谁能不感受到延安是一个相互尊重、相互关心、人人平等的温暖和谐的革命大家庭呢？

在温暖的革命大家庭里，人自然而然充满活力，革命的理想、革命的信念也自然而然入心入脑，为人民服务、为祖国服务、为中华之崛起、为共产主义而奋斗成为每个人的自觉行动。

虽然延安的生活也很清苦，但贺敬之认为“在我们这里，/并没有冬天。”（《卷1》58页）他自觉地勤奋地学习着、改造着、工作着、劳动着，当然也是快乐地歌唱着：

“诗——现实主义！”（《卷1》57页《我们这一天》）

“诗人——马克思列宁主义者！”（《卷1》58页同上）

诗，/是工作！//在这里，/诗人和他的诗，/就是/工人和他的铁锤；/就是/农民和他的镰刀；/就是/战士和他的枪。（《卷1》60页同上）

洪亮的/时代的音响啊！/我们跟他，诗，/学习/反抗和讴歌，/爱和播种。（《卷1》39页《生活》）

对革命的清醒认识

历史已经证明并将继续证明：从事革命而不明白革命的真正含义的人，往往就有可能脱离革命，甚至背叛革命。

在这一点上，贺敬之对革命的理解既深刻又清醒。

在延安鲁艺的时候，文学系主任何其芳老师给过我终生难忘的影响。大概是在“抢救运动”甄别平反前后，一些受了委屈的同志，有些怨气，何其芳就曾经讲过这样的话，始终记在我心里头。他说，高尔基的回忆录《和列宁相处的日子》中有一节，你们要看一看。十月革命胜利以后，苏维埃政权实行无产阶级专政，一些反动分子被逮捕，甚至被枪毙，其中也有一些知识分子、文艺界人士，也有一些人确实是搞错了，高尔基很有意见，就去找列宁。列宁告诉他说，可能有的人是搞错了，但是，当两个人扭打在一起的时候，在你死我活的激烈斗争中间，谁能知道哪一拳打得准哪一拳打不准呢，怎么能保证打出去的每一拳头都是准确的呢？那是不可能的，有时候不小心还会打在自己身上呢！这个话给我的印象非常深，我懂得了，在激烈的阶级斗争中间，出现一些偏差和错误是难免的，但是，最后党总是能够改正自己的错误。革命是一件非常不容易的事情，不可能十全十美。鲁迅 1930 年在“左联”成立大会上的讲话里边也说过：革命是痛苦的，其中也必然混有污秽和血，决不是如诗人所想像的那般有趣，那般完美，如果不明白革命的实际情形，自称左翼的人往往会很容易变成右翼的。鲁迅真是伟大，事实完全证明了他的论断。我在延安“抢救运动”后期也戴过“特务嫌疑”的帽子，还是继续写东西，后来到了石家庄，参加“三查三整”，对我批得也很厉害。革命也会有错误，有挫折，个人很可能要受点委屈，如果不能认识到这个的话，那就等于没有深刻地认识革命。同时，想一想自己，也确实还是有需要自我批评、需要提高的地方。（《卷 6》325 页）

以上是《风雨问答录》中的一段话。第一次读《贺敬之文集》时，这段话就引起了笔者的共鸣，印象非常深刻。读了这段话，也许就可以理解贺敬之为什么在多次运动中被批判（先后在 1950 年文艺整风、1955 年反胡风斗争、1957 年反右派、

1959年反右倾中被批判，“文化大革命”中被“三进宫”，新时期反资产阶级自由化斗争），而又总能正确对待和相信——相信党、相信群众的缘由，也就理解了他始终保持“赤心赤旗赤县民”（《卷2》266页）的缘由。

中国共产党的领袖毛泽东对贺敬之的影响是巨大而又深远的。他之所以在任何情况下都保持对革命的执着、对社会主义共产主义信念的坚定，一个非常重要的原因就是能全面、正确理解革命。因为，革命毕竟不是只有一腔热情、一腔壮志就行了，更不是请客送礼，还需要深刻地理解、清醒地面对，只有这样，才能在革命道路上永葆坚定的意志。

英模人物的浸染

一个人追求向往什么，他就会自然而然地歌颂什么；而在他歌颂的过程中，其实更是自我改造、自我升华的过程。贺敬之正是这样一步步走向成熟和坚定的。

在延安，毛泽东、朱德、贺龙等党的领袖的革命节操影响着他，英雄模范人物的先进事迹感染着他。他不仅写下了《毛泽东之歌》、《朱德歌》、《贺龙》等歌颂革命领袖的歌词，还写了《种菜人黄立德歌》、《赵占魁运动歌》等歌颂劳动模范的歌词；他不仅为牺牲的英雄刘志丹写了长诗，还为人民音乐家冼星海写了怀念文章和歌词。新中国成立后，向秀丽舍身救火的英雄行为，特别是雷锋的平凡而动人的事迹，让他从更独特的高度、广度、深度来思考人生。

啊，你阶级战士的/姿态，/是何等的/勇敢，坚定！/你共产党员的/红心啊，/是何等的/纯净、透明！……（《卷 1》474 页）

在平凡的/工作岗位上，/你却是真正的/勇士啊——/你永远在/高举红旗，/向前进攻！/在我们革命的/万能机床上，/雷锋——/你是一个/平凡的，但却/伟大的——/永不生锈的/螺丝钉！（《卷 1》478 页）

啊，雷锋/你白天的/每一个思念，/你夜晚的/每一个梦境，/都是：/人民……/人民……/人民……/你的每一声脚步，/你的每一次呼吸，/都是：/革命……/革命……/革命……（《卷 1》480 页）

具有共产主义思想的雷锋的事迹深深感动着贺敬之，因此，他满怀深情地对雷锋说：

你的年纪，/二十二岁——/是我年轻的弟弟啊，/你的生命/如此光辉——/却是我/无比高大的/长兄！（《卷 1》451 页）

从雷锋身上，贺敬之在深刻思考：

人，/应该/怎样生？/路，/应该/怎样行？……（《卷 1》458 页）

面对今天：/血管中的脉搏/该怎样跳动？/什么是/真正

的/幸福啊？/什么是/青春的/生命？/……/什么是/有始有终的/英雄的晚年啊？/什么是/无愧无悔的/新人的一生？……（《卷 1》462 页）

所以，他充满激情地对雷锋说：

我不能/远远地/望着你的背影/把你赞颂，/——我必须/赶上前来！/和你/一起啊/奔向这/伟大的斗争！（《卷 1》491 页）

“……快摆开/你们新的雁阵啊，/把这大写的/‘人’字——/写向那/万里长空！……”（《卷 1》489 页）

在《回答今日的世界——读王杰日记》这首诗里，他延续了这种精神，表达得更加干脆利落、斩钉截铁：

生——/这样写/死——/这样写。//革命！/革命！——/在每一行，/每一页。//人民！/人民！——/在每一章，/每一节。//世界，/在我们心中。/英雄，/在我们行列。（《卷 1》512 页）

革命——/决不后退！/斗争——/决不停歇！（《卷 1》514 页）

从上面这些激情澎湃的诗句里，笔者同样找到了贺敬之在“文化大革命”中“三进宫”的情况下仍保持着相信党、相信社会主义、相信群众的信念的答案；找到了他为什么在新的历史时期与资产阶级自由化作斗争中是那么坚决而持久的答案；找到了他为什么会始终保持“马鸣自跨鞍”“鹭飞瀑飞壮思飞”“昂首春江第一楼”（《卷 2》167 页、218 页、219 页）的精神状态的答案……

母亲的熏陶

在促成贺敬之崇高品格的多种因素中，不能忘记他母亲对他的深刻影响。读《贺敬之文集》就会发现，贺敬之曾在诗中、文中，多次提到自己的母亲。

那是一位怎样的母亲呢？

我们先听一下贺敬之夫人——柯岩的叙述：

回来后，向贺敬之大谈雷锋激动人心的事迹，谈着谈着我们都流下了眼泪。敬之的母亲在一旁见了，认为我们在吵架，我告诉她不是吵架，又把雷锋的事迹向她复述了一遍，她听了也掉着眼泪说：啊！这样的好人，怎么不让我去替他死啊！（《卷6》104页《缅怀郭小川——贺敬之、柯岩谈小川》）

从这里，我们可以初步了解到贺敬之母亲的大爱胸襟了。

那么，贺敬之是怎么评价自己母亲的呢？

……她勤俭善良，也很坚强，疾恶济弱，我十分爱她，非常尊重她。在她身上，具备劳动人民和中国母亲的优秀品德。她是我人生的第一个老师。（《卷6》97页）

从《希望与追求》这篇文章中，我们看到，在饥寒交迫的幼年，是母亲用体温温暖着他的身体，是母亲教他热爱劳动、热爱人民，是母亲让他懂得了做人的尊严，特别是在国难当头（日本铁蹄肆虐）的14岁时，又是母亲帮助他作出了正确的抉择。

贺敬之回忆道：

她把家中仅有的五块钱缝在我的衣角上，说："走吧，儿，走吧！走出去还能有条生路，只是以后娘不在跟前了，凡事要多加小心。一定要走正路，做好人，可万万不能走岔道呀……"（《卷6》99页）

贺敬之说：

在我人生的征途上，无论是血雨腥风，还是酒绿灯红，无论是极左的残酷斗争，还是变节者的攻击和嘲讽，我都此心不变，不改初衷。因为我始终不忘母亲的教导，拉着母亲的衣襟。而母亲也始终用她的体温暖着我，衣我食我背我抱我，拉扯我保护我……所以我怎么也搞不懂：人，怎么可以不爱自己的母亲——生养自己的母亲，祖国母亲和人民母亲呢?!（《卷6》100页）

"黄山尽美恐非真，山川各异似才人。崂山逊君云如海，君无崂山海上云。"（《卷2》78页）这是贺敬之辩证对看人物、事物的著名诗句。

贺敬之崇高的理想信念、深沉的为民情怀、坚强的党性修养、宽广的个人胸襟，正在越来越深刻地影响着后人……

注：《贺敬之文集》共6卷，分别为《新诗卷》（《卷1》）、《新古体诗书卷》（《卷2》）、《文论卷》（《卷3》《卷

4》)、《歌剧·歌词卷》(《卷5》)、《散文·书信·答问·年表卷》(《卷6》)。为了方便,笔者在文中括弧内标注页码时,除专门注明外,一般用“(《卷×》×页)”或“(《卷×》×页《具体文章名称》)”来表示;不引起歧义的,则简化为“(×页)”表示。

浩荡胸襟抒豪情

——读《贺敬之诗选》

近段时间，重读了《贺敬之诗选》，受益颇多。贺诗，特别是其政治抒情诗的张力、美感，让笔者懂得了什么是真正的诗。

黄河之水天上来

读贺诗，有一种黄河九曲波涛滚滚的澎湃。

望三门，三门开：/“黄河之水天上来”！/神门险，鬼门窄，/人门以上百丈崖［ái］。/黄水劈门千声雷，/狂风万里走东海。//望三门，三门开：/黄河东去不回来。/昆仑山高邙山矮，/禹王马蹄长青苔。/马去“门”开不见家，/门旁空留“梳妆台”。

我们来呵，我们来，/昆仑山惊邙山呆：/展我治黄万里图，/先扎黄河腰中带——/神门平，鬼门削，/人门三声化尘埃！//望三门，门不在，/明日要看水闸开。/责令李白改诗句：/“黄河之水‘手中’来”！/银河星光落天下，/清水清风走东海。

读着《三门峡——梳妆台》中这“乱石穿空、惊涛拍岸”般的诗句，笔者不禁热血沸腾，在感叹大自然造化的同时，惊叹人类的创造和自信！

读贺诗，有一种天河天瀑天马行空的飘逸。

杜甫曾用“飘然思不群”来形容李白的诗，贺诗亦如此。请看《桂林山水歌》中的诗句：

云中的神啊，雾中的仙，/神姿仙态桂林的山！//情一样深啊，梦一样美，/如情似梦漓江的水！//水几重啊，山几重？/水绕山环桂林城……//是山城啊，是水城？/都在青山绿水中……啊！是梦境呵，是仙境？/此时身在独秀峰！//心是醉啊，还是醒？/水迎山接入画屏！//画中画——漓江照我身千影，/歌中歌——山山应我响回声……

是诗情啊，是爱情，/都在漓江春水中！//三花酒兑一滴漓江水，/祖国啊，对你的爱情百年醉……

你若闭目听这天籁之音，是否感觉飘进了蓬莱仙境？云、神、雾、仙、情、梦、醉、醒……这些本来就让人产生飘感的字，在这里更起到了幻化的奇妙作用。何况又是在“山水甲天下”的桂林呢？美景需好诗，好诗辉美景。

读贺诗，有一种故乡千里游子归来的亲切。

心口呀莫要这么厉害地跳，/灰尘呀莫把我眼睛挡住了……//手抓黄土我不放，/紧紧儿贴在心窝上。//……几回回梦里回延安，/双手搂定宝塔山。//千声万声呼唤你，/——母亲延安就在这里！//杜甫川唱来柳林铺笑，/红旗飘飘把手招。//白羊肚手巾红腰带，/亲人们迎过延河来。//满心话登时说不出来，/一头扑在亲人怀……

《回延安》里的诗句让人感到那么自然、那么亲切、那么感人。这和作者善于描写具体细节有很大关系，例如第三部分：

米酒油馍木炭火，/团团围定炕上坐。//满窑里围得不透风，/脑畔上还响着脚步声。//老爷爷进门气喘得紧：/“我梦见鸡毛信来——可真见亲人……”//亲人见了亲人面，/欢喜的眼泪眼眶里转。//保卫延安你们费了心，/白头发添了几根根。//团支书又领进社主任，/当年的放羊娃如今长成人。//白生生的窗纸红窗花，/娃娃们争抢来把手拉。//一口口的米酒千万句话，/长江大河起浪花。

招待的东西摆得满满的，乡亲们围得密不透风，不仅这样，外边还有老乡在往这里赶——“响着脚步声”，激动得眼眶里的泪水都快要流出来了……

这样的细节描写，把延安人民与诗人的感情，一下子都表现出来了。

读贺诗，有一种珠穆朗玛峰般高远宏阔的浑厚。

在政治诗的创作中，一般人写出来往往甩不掉“干、浅、涩、嚎”的毛病，失了诗味，引不起共鸣，贺诗则不然。贺诗既有具体的意象，又有海纳古今中外的胸怀，写出了历史纵深感和强烈的时代感。在大事中显现出鲜活的形象，在小事中挖掘出深刻的哲理。《放声歌唱》、《十年颂歌》、《雷锋之歌》等即是。例如，他《放声歌唱》里的名句——

五月——

　　麦浪。

　八月——

　　　海浪。

桃花——

　　南方。

　雪花——

　　　北方。……

虽然借鉴的是国外的楼梯式，同时运用了中国传统的对偶或对仗，更显得参差有序。同时，这几个词，十分形象，而又十分美好，生动地表达了时令的变换、地域的辽阔，透露出作者内心的喜悦。

为有源头活水来

宋人朱熹有一首读书心得诗，“半亩方塘一鉴开，天光云影共徘徊。问渠哪得清如许？为有源头活水来。”以此观之，《贺敬之诗选》就是集无限天光和华彩云影的方塘，就是源头活水。学习当然要“转益多师是吾（汝）师”——兼收并蓄，但贺诗无疑是需要重点学习的。

1. 洋为中用“楼梯式”。

苏联诗人马雅可夫斯基著名的“楼梯式”诗，经过田间、郭小川等诗人的学习、借鉴、运用，到贺敬之手里，已完全中国化了。

贺敬之的“楼梯式”诗给人的是一种既奔放又从容、既感情炽热又思想沉稳、既大开大合又细致缜密的感觉。

2. 古为今用“新古诗”。

古诗词在贺诗里的运用，可以说比比皆是，而且出神入化、天衣无缝。既增强了诗的艺术性，又恰当地表达了思想感情。且看《放声歌唱》中的诗句：

啊啊……“前不见古人”……/但是，/后——有——来——者！/莫要/“念天地之悠悠”吧，/莫要/“独怆然而涕下”……/“君不见”——/“广厦千万间”/已出现在/祖国的/“四野八荒”！

再看《十年颂歌》中的诗句：

吓慌了/资本主义世界的/“古道——西风——/瘦马”，/惊乱了/大西洋岸边的/“枯藤——老树——/昏鸦”。

而《三门峡——梳妆台》则是三、五、七言和古诗句交响的杰作。

3. 俗为雅用“信天游”。

“俗”指“信天游”等民歌形式。相对于民歌来说，诗则“雅”。长期战斗生活在黄土高原的诗人贺敬之，吸收了陕北“信天游”形式自由、旋律奔放、扣人心弦、回肠荡气的特点，打造了贺体“信天游”。

如果说《行军散歌》还带着原始民歌痕迹的话，那么，

《回延安》、《桂林山水歌》、《西去列车的窗口》则完全是“自主产权”了。请读《西去列车的窗口》中的诗句：

一路上，扬旗起落——/苏州……郑州……兰州……//一路上，倾心交谈——/人生……革命……战斗……

完全是融合排比或者对偶的诗句了，信天游的民歌气息明显弱化。

读贺体“信天游”，有一种心随诗动的弹性感，犹如坐着一叶扁舟漂在波浪不大不小、不急不慢、迂回曲折的河流上；犹如坐着一乘竹轿，行进在山清水秀的蜿蜒崎岖的小路上。

多年来，社会上出现了一股回避崇高、颠覆经典的庸流，有的滑入“下半身”的泥沼难以自拔，有的陷入“朦胧”的迷雾难明方向，有的囿于“自我”的圈子难以突破。笔者认为，诗人，首先是人，而且应该是大写的人，然后才是诗人。如果摆正不了诗人与大写的人的关系，不如不做诗人。都说诗是文学的精华，那么写诗的人，亦应是人间精英。在这方面，我们不妨学学贺敬之，学他高尚的人品，学他爱国的热忱，学他坚定的信念，学他高超的诗艺……

唐朝杜甫在反对诗坛上的不良风气时说：“尔曹身与名俱灭，不废江河万古流。”让我们涤去心灵的灰尘，扫除思想的迷雾，抛却偏见的芥蒂，敞开温暖的胸怀，去拥抱贺敬之诗歌的高贵诗魂，去畅游壮丽的贺敬之诗歌的大海吧。

诗歌散文辉相映

——读贺敬之新诗《回延安》与散文《重回延安——母亲的怀抱》

对于贺敬之的新诗《回延安》，臧克家曾经是这样评价的：

“我想谈一谈《回延安》。这是新中国成立以来我最喜爱的一篇诗，恐怕也是贺敬之同志的最有代表性的一篇诗。每次读它的时候，我总想起杜甫的《赠卫八处士》。我想这是有理由的。这两篇优秀的诗，都是久别重逢抒写胸臆的。情感的浑厚真挚，艺术成就所达到的境界，都可以相比拟。当然，《回延安》的气氛与情调和《赠卫八处士》是截然不同的。前者是在极度的欢乐字行间闪耀着希望的金光，而后者却不胜伤感，读后令人为之黯然。”

由此可见，贺敬之写于1956年3月9日的《回延安》这首红色经典的无穷艺术魅力。

在这里，笔者想从比较或者说相互对照映衬的角度，对此诗做一个粗浅的解读。

如果不阅读《贺敬之文集》第6卷，笔者真的还不知道诗人在创作信天游《回延安》的同时，还创作了精美的姊妹篇——散文《重回延安——母亲的怀抱》(《卷6》69页)。笔者想，如果用他的散文来解读他的诗作，可能是有益又有趣的。

《重回延安——母亲的怀抱》的主题和《回延安》一样，都是充分表达诗人对延安的炽爱、对党的深情、对革命和社会主义祖国的坚定信心和信念。该文共包括六个小题：一是《“到延安去!”》，写出了诗人渴望马上就到延安的激动心情和在西安的见闻，感叹西安的巨大变化。二是《“不要怕，小鬼”》，诗人在从西安到延安途中，回忆了过去投奔延安的艰辛，特别回忆了和老一辈革命家徐特立在洛川城被国民党军扣留的过程，受到老革命家的启迪和鼓舞。三是《母亲——延安!》，诗人通过所见所闻，“实况直播”了延安的喜人变化和延安人民对诗人的热情。四是《井冈山—延安—北京的道路》，回顾了党的光辉历程，用诗人自己的话说，就是“让我们重温中国革命的惊天动地的二十几年的往事吧，让我们念诵我们光荣的延安的英雄经历吧，让我们看一看从井冈山和雪山草地一步步走过来的足迹，看看从杨家岭通向天安门的道路吧”。但这种回顾，散文诗化了。这种在一篇较短文章中回顾党波澜壮阔光辉历程的方式，是十分难得的、精妙的。五是《杨家岭、枣园》，同样回顾了党中央特别是毛主席当时在这里的工作，以及在毛泽东思想哺育下成长起来的英模人物在今天的精神风貌。六是《母校“鲁艺”》，生动表现了桥儿沟的革命群众对包括诗人在内的“鲁艺”人的深厚感情和对未来的信心。

下面，笔者就按照《回延安》的写作顺序，来让《重回延安——母亲的怀抱》作具体的解读或印证。

一

《回延安》由五部分组成。

诗一开头，就表达了这样一种心情——

心口呀莫要这么厉害地跳，
灰尘呀莫把我眼睛挡住了……

手抓黄土我不放，
紧紧儿贴在心窝上。

散文中《“到延安去!”》的开头同样表达了这种心情——

“到延安去!”——我的激动得发抖的手又在日记本上写着这几个字了，在剧烈跳动起来的心中又默念着这句话了。

在这里，“激动”是诗人的主旋律，但表现形式不同，诗表现“激动”是“这么厉害地跳”、“手抓黄土”、“不放”，且“紧紧儿贴在心窝上”。散文表现“激动”是“发抖的手又在……写……”、“心中又默念”。

我们是不是可以这样认为：散文可以作为诗的解读，而诗则可以看作散文的升华?

在散文里，诗人还这样表达了想立马就到延安的渴望——

……在雪花纷飞的黎明，飞机起飞了。飞到空中的头一分钟，我就渴望着能一眼看见那无边的黄土高原，那在黄色沟壑中奔流的延河，那矗立在河边的宝塔，那延安城的一切一切……

诗人为什么这么激动和渴望呢？

这完全和十六年前一样。这几个字不是说明一次普通旅行，这是曾震响在无数革命者的生命中的一个巨大的召唤声。怎么能够忘记，当我们还是少年或者青年的时候，在大半个中国的黑暗天空下，我们曾是怎样地在心中高呼着这句话！那时，我们还不敢说“延安”这个名字，我们说：“到‘那边’去……”是的，从此我们就开始了我们人生经历中最珍贵的一页，生命就变得如此壮丽了。而当我们投进延安的怀抱，小米饭把我们喂养长大，在炮火声和战歌声中变为成年，又走向胜利的国土开始新的事业之后，“到延安去”的召唤声连接着“从延安来的”这句话，曾唤起我们内心中的怎样的激动！母亲——延安，千百次地呼唤着你，我们是充满了何等的力量呵。

哦，原来是延安让包括诗人在内的“我们”开始了“人生经历中最珍贵的一页，生命就变得如此壮丽了”。

哦，原来是包括诗人在内的“我们”投进延安的怀抱后，“小米饭把我们喂养长大”。

哦，原来是包括诗人在内的“我们”从延安两个字里，感受到“充满了何等的力量呵”。

……

源于此，诗人能不激动吗？这是何等真挚而炽烈的情感啊！

接着，诗人笔锋一转，用短短的四句诗回忆起自己对延安的日夜思念和如今终于又重新来到母亲延安的怀里——

……几回回梦里回延安，
双手搂定宝塔山。

千声万声呼唤你，
——母亲延安就在这里！

因为延安让诗人的生命“最珍贵”，所以他“几回回梦里回延安”。今天，他千呼万唤的母亲延安就在这里——眼前，而延安最有标志性的建筑就是宝塔山了，宝塔山以及延河就是延安母亲的象征。

这种感情在散文里又是如何表现的呢？《母亲——延安！》一开头是这样描写的——

闪过去一座山、又一座山……终于，眼前的道路豁然开朗起来。一片毗连的房屋和层层相接的窑洞出现了。一条解冻的小河歌唱着向前流去——这就是和延河汇流的杜甫川！在那金色的夕阳的辉耀中，蓝天上高耸着那十几级的古老的宝塔——这就是宝塔山！

呵，母亲延安！分别了十多年的你的儿子，又扑向你的怀抱中来了。

通过比较我们可以看出，诗句是虚（梦境）实（实境）

结合，而散文完全是类似游记式的所见所闻的“实况直播”。

那么，诗人回到延安的情景是怎样的呢？诗中写道——

杜甫川唱来柳林铺笑，
红旗飘飘把手招。

白羊肚手巾红腰带，
亲人们迎过延河来。

满心话登时说不出来，
一头扑在亲人怀……

这如绘画般的诗句，生动地描述了延安人民的热情以及亲人见面时的激动心情。那么，在散文里，诗人是如何处理的呢？

前两句，诗人在《“不要怕，小鬼”》的最后一部分已经提到了——

……如今，在那整齐的街道上贴满了“迎接社会主义”、“绿化祖国”的彩色标语，村边的合作社员们正在打井、栽树。少年们双手捧着树苗向汽车高呼“欢迎！”……

后四句，诗人在《母亲——延安！》里是这样写的——

一片喧闹的锣鼓唢呐声响起来，在五里铺到南关的河滩上，欢迎的人群涌过来了。陕北大秧歌在表演，这雪白的羊肚子手巾，紫红的腰带，这领唱的头伞，合唱的男女队员……这不是1943年的“红火”情景吗？

而今天，我却作为一个远地而来的访问者之一在这里被欢迎了。我被人群蜂拥着向大街走去。……

在散文里，诗人由现实联想到了过去——你看那情景是多么熟悉呀！如今还继续在延安传承着……

二

《回延安》的第二个部分，除了开头一节，其他完全是抒情的句子。第一节是实写，用拟人的手法说明连村庄也对诗人的归来表示热烈欢迎。第二、三节用比兴的手法表现了诗人对延安的亲情和延安对他的养育之恩。第四、五节则形象地表达了党对诗人的教育和培养。最后一节是自然升华。正因为诗人是吃着延安的小米饭长大的，是党培养他成人、真正走上了革命的道路，特别是成长为忠诚的共产主义战士……而这一切，都是延安所赋予的，诗人当然是“革命的道路千万里，/天南海北想着你……”了。

不过，这些用情感的金线串在一起的珍珠，散落在《重回延安——母亲的怀抱》的角角落落。

……二十里铺送过柳林铺迎，

分别十年又回家中。

这是第一节。可散文里却没有“二十里铺”和“柳林铺”，只有“五里铺”。笔者猜度，“二十里铺”、“柳林铺”大概和“五里铺”在相同的地域且相距不会太远。

树梢树枝树根根，

亲山亲水有亲人。

这是第二节。用“树梢树枝树根根”起兴，引出延安或整个神州大地“亲山亲水有亲人”。

此句不仅抓住树枝连根的特点，比喻诗人自己与延安人民的“亲人”关系，而且更深刻体现了诗人的浓烈情感——因为爱延安、爱延安的亲人，连见了延安的一草一木也倍感亲切。因此，这一句不仅仅起了“兴”的作用，更是实写，前后是互为因果的关系，也是对现实场景的升华和对过去延安回忆的再次呼应。

羊羔羔吃奶眼望着妈，

小米饭养活我长大。

这是第三节，同样是“兴”，却“兴”起了不朽名句。两行短短的诗句，把延安对诗人的恩情表现得淋漓尽致。

诗人出生于山东枣庄一个贫苦的农民家庭，作为长孙的他，刚一生下来，就让祖母发愁——

跪在屋角，/连连地磕头祷告：/“天啊，/俺喂他什么吃？/——这个小东西！”（《卷1》67页）

16岁的诗人到延安后是什么情况呢？他告诉大家：

今天呵，/亲爱的同志，/我生活得好了！/我快活/像一只飞舞在天空中的鹰！（《卷1》44页）

在延安，年少的诗人感受到了做人的快乐，特别是得到了很好的教育。如今，诗人离开十年后第一次回到延安，不能不让他回想过去的一切，而延安“欢迎的人群涌过来了”、“米酒油馍木炭火”的真情和热情，更让他生发出“羊羔羔吃奶眼望着妈，/小米饭养活我长大”的感恩！

东山的糜子西山的谷，
肩膀上的红旗手中的书。

手把手儿教会了我，
母亲打发我们过黄河。

这是第四、五节，形象地概括出了多年来党对诗人贺敬之的培养。

“解放社”版的《论持久战》、《论新阶段》、《实践论》、《新民主主义论》、《论联合政府》……尤其是《在延安文艺座谈会上的讲话》，这些著作就是当年和后来诗人一直在学习的“手中的书”，是诗人以及广大革命者的“肩膀上的红旗”。

还有那“陕北的好江南”，不就是“东山的糜子西山的谷”吗？这都是党“手把手儿教会了我”。

1945 年 8 月，日本侵略者投降。9 月，根据当时的形势，按照党中央的部署安排，诗人贺敬之随华北文艺工作团离开延安，渡过黄河，长途跋涉二千余里，历时五十天，到达张家口，在新组建的华北联合大学文艺学院文工团创作组工作。从 1945 年 8 月离开延安，到 1956 年 3 月回延安，诗人离开延安十年零五个月。可见，真真是“分别十年又回家中”啊！

革命的道路千万里，
天南海北想着你……

这是最后一节。诗人对延安的感情是无法割舍的；同时，诗人还表达了更深的含义，即在千里万里的革命征程上，要继续发扬延安所赋予的一切优良品质和革命精神，并永远传承、弘扬、光大下去。

三

米酒油馍木炭火，
团团围定炕上坐。

满窑里围得不透风，
脑畔上还响着脚步声。

老爷爷进门气喘得紧：
“我梦见鸡毛信来——可真见亲人……”

亲人见了亲人面，
欢喜的眼泪眼眶里转。

保卫延安你们费了心，
白头发添了几根根。

团支书又领进社主任，

当年的放羊娃如今长成人。

白生生的窗纸红窗花，
娃娃们争抢来把手拉。

一口口的米酒千万句话，
长江大河起浪花。

十年来革命大发展，
说不尽这三千六百天……

这是《回延安》的第三个部分，最显著的特点是几乎全用了细节，生动形象地描写了以桥儿沟村民为代表的延安人民对包括诗人在内的“鲁艺”人的深厚感情。

那么，诗人是怎样用散文的形式来表现桥儿沟村民（延安人民）的感情和热情的呢?《母校“鲁艺”》中这样写道——

……

母校的所在地是城东十五里的桥儿沟村。桥儿沟呵，母校呵，我又回来了……

我来到这熟悉的村头。我走进这熟悉的街道。但，这么多的娃娃和青年我却一个也不认识。“同志，请问乡政府还在原来的地方吗？赵步喜同志在家吗?”

他们惊疑地打量着我：“什么？‘原来的地方’？……赵步喜……呵，你是……”

刹那间，一切都明白了。一声连一声的呼喊在街道上、山坡上传开来：“‘鲁艺’家的人回来了！”

……赵步喜同志，当年的老乡支书，劳动模范，眉眼比那时更有光彩了，只是牙齿又脱落了几个。当年的老乡长慕应轩同志，白发添了不少根了。而你，这位英俊的青年，农业社长杨旺开同志，我却记不起来了。“这是后沟一里铺的烧窑的老汉的小子，那时的放羊娃呵……”赵步喜同志解释说。人越来越多：一个个熟悉的面孔，一个个曾是熟悉而却改变了几分的面孔，一个个根据熟悉的大人的面孔而猜出的属于谁家的娃娃们……

“不要眼窝里出水了……”赵步喜同志抹去了他的欢喜的眼泪，大声说：“这次开造林大会，我估计一定有鲁艺的人来，咱们又团圆了……”

“我可不是真的迷信呵，”老爷爷的颤抖的声插了进来，“我昨天夜里梦见羊啃青草，今天就来了亲人了……”

我被紧紧地围在炕上，我的手被左右的许多手拉着。面前摆满了“米酒”、“油馍”和炒菜……不会醉人的米酒使我刚端起来就像醉了的一样。永远怀念的桥儿沟，永远怀念的延安的亲人们，让我们倾谈久别后的一切吧。——从1945年欢送我们向全国各地进发，到1947年胡匪进攻；从胡匪侵占延安、驻兵鲁艺校舍，到在东山上我们游击队的反击；从指导员李章德被严刑拷打，到赵步喜夜探桥儿沟；从沙家店战斗、瓦子街战斗到光复延安……

通过阅读散文，给笔者一个十分深刻的印象——诗人的每一句诗都来源于生活的真实实践。

至此，笔者才真正明白，为什么诗人抒发情感的诗句那么生动感人了，因为诗人的抒情诗句是情感的自然生发，而不是苦思冥想的刻意打造。这一点，应该是初学写诗的同志必须掌握的秘籍。

四

千万条腿来千万只眼，
也不够我走来也不够我看！

头顶着蓝天大明镜，
延安城照在我心中；

一条条街道宽又平，
一座座楼房披彩虹；

一盏盏电灯亮又明，
一排排绿树迎春风……

对照过去我认不出了你，
母亲延安换新衣。

这是《回延安》的第四个部分，是首尾呼应、逻辑结构非常完美的诗章。

第一节，诗人首先用“千万条腿来千万只眼，/也不够我走来也不够我看!”引发读者的阅读兴趣——是什么样的情景这样令诗人目不暇接?原来，延安的天空如此湛蓝；在这样的天空下，延安城的条条街道又宽又平、电灯又亮又明、楼房拔地而起、排排绿树喜迎春风……

在这里，诗人没有面面俱到，只是抓住延安城十年变化的最典型的事物来写，从而自然引出“对照过去我认不出了你，/母亲延安换新衣”。

这样的变化，在散文《母亲——延安!》里写得更为具体，诗里有了的，散文里有；诗里没有的，散文里也提到了——

我走上桥去。我的眼睛顺着直通城内的大街望去，向山上山下、城墙边、河滩上望去……的确，完全是新样子了。延安呵，我对你是这样的熟悉，而现在却又如此地感到生疏了。

这条南关大街和在它左侧边山峡里的新市场区，在我离开前，就已经相当繁华了。但那时的街道到底是狭小的，房屋毕竟还有些稀落，而现在，在我面前的，却出现了在北京或者杭州的某些较小的但却颇为热闹的街道上能够见到的一切景色。在笔直而又平坦的街道两旁，是一连串的百货店、合作社、饭馆、理发馆、浴池……喜气洋洋的延安人在扩音器传出的优美音乐声中来往穿梭不停。一班又一班的长途汽车载着客人们开来或者开去，在那明亮的车窗里，闪耀着姑娘们和老人们的满怀深意的眼睛……

所有这一切，都使我不复辨认。但，我又怎么会不认识你呵……

……

我走进延安城里。从1938年起，城里就被日本飞机炸成一片瓦砾了。后来我和同志们每次从那里走过，石块总会把我们脚上的草鞋绳碰破。萤火虫在荒草里时隐时现。而现在，这里出现了奇迹！真正的延安城原来在这里！我怀疑我是不是突然回到了我刚刚离开的北京的崇外大街？足够走双轨电车的宽阔大街，排列着崭新的三层、四层的楼房，看吧，这是百货公司、医药公司……

夜晚。更使你意想不到的，电灯在街里和街道上、房屋里和窑洞里亮起来了。延河的水面上映照着无数明亮的电灯光，而我的充满了激动的泪水的眼睛也被灯光照花了。我怎么能不想起，在十几年前的那些夜晚，我们一个窑洞里只能分到二两冒着黑烟的臭煤油，而我们的毛主席，也只能在一盏小小的煤油灯下从天黑坐到天亮呢？

延安，你为我们的祖国曾经受了何等的艰难困苦，而终于取得了今日的晴朗的白天和明亮的夜晚！此刻，看见在你的街道上和窑洞里亮起了电灯，怎么能不使人激动呢？

通过比较，我们可以得到这样的启示——诗句简括，而散文细腻。写同样的事情，由于文体不同，详略方面就会不同。但有一个有趣的现象——我们如果把诗和散文作比较的话，诗就像原著，阅读后能给读者很大的想象空间；而散文就像电影或者电视剧，看过以后，形象就会基本上定格在那里了。比如一部《红楼梦》原著，我们可以根据作者对林黛玉的描写进行想象，在不同人的想象中，林黛玉的形象千差万别。但看过《红楼梦》电视剧后，林黛玉的形象就完全定格在那里了。

五

《回延安》的第五个部分是全诗的结束，更是全诗的升华。请看——

杨家岭的红旗啊高高地飘，
革命万里起高潮！

杨家岭——延安革命时期的党中央所在地。这里有——

一座党中央的大礼堂，是1943年落成的木石结构的雄伟建筑，它曾使一切来访延安的人们惊叹过，人们完全不曾想像到在延安会出现这样美好的建筑。1945年，党的第七次全国代表大会就在这里召开。毛泽东同志就在这里作了那著名的“论联合政府”的报告。在主席台上，穿着粗呢制服的毛泽东同志扬起他的手臂：

“……一个新民主主义的中国就要诞生了，让我们迎接这个伟大的日子吧！”

如今——

十二年的时间已经过去。预言已经实现。现在，让我们看看礼堂旁边新栽下的从杭州来的四季桂花吧，它代表在祖国无边的土地上盛开的亿万朵鲜花，向杨家岭——艰苦时代的党中央所在地致敬！

这是《杨家岭、枣园》里的文字。从中我们可以看到“杨家岭的红旗”是怎样“高高地飘”。

宝塔山下留脚印，

毛主席登上了天安门！

《井冈山—延安—北京的道路》，中国共产党经过一路腥风血雨、一路艰苦卓绝的斗争，自二万五千里长征后，就在延安落脚。在这里，毛泽东和他的战友们指点江山，激扬文字，运筹于窑洞之中，决胜于千里之外，最终赶走了日本帝国主义，打垮了蒋介石反动政府——

……延安的城头上插起第一面红旗。陕北红军和中央红军会师了。1936 年，党中央移驻延安。全国人民在漆黑的夜间注视着延安举起的这支光明的火炬。无数的革命青年投奔延安而来……

投奔延安的青年中，也包括诗人贺敬之。

……伟大的抗日战争爆发了。中国红军改编为“八路军”向敌后挺进。无数浴血的战斗，在晋东南、在河北、在山东……毛泽东同志和他的战友们在延安的窑洞里日日夜夜地工作。党中央指挥着九十万大军、一百万党员……

……

……欢腾的延安城。欢腾的华北和华南抗日根据地。八年苦战赢得了胜利。日本投降了。

……但，满面笑容的延安城忽然紧锁起眉头。1946 年，美帝国主义协助蒋介石又点燃了内战的烽火，威严的延安发出了自卫战争的警号！

开始了中国历史上最伟大的一次战斗。震撼了世界的一切角落。毛泽东同志和党中央的战斗命令从延安、从陕北发出。中国人民解放战争的胜利像一连串的春雷在全国的广大战线上轰响。蒋介石滚出了中国大陆。

毛泽东同志从延安到了北京。天安门升起五星国旗。北京在歌唱，歌唱伟大的胜利，歌唱母亲——延安……

毋庸讳言，这就是“宝塔山下留脚印，/毛主席登上了天安门！”的最好注脚。

枣园的灯光照人心，
延河滚滚喊“前进”！

赤卫军……青年团……红领巾，
走着咱英雄几辈辈人……

“枣园的灯光”当然是以毛泽东同志为代表的党中央的灯光——

在枣园——中共书记处的所在地。这里是距杨家岭五里路远的一个村庄，一片树林围抱着山坡上的两层石窑洞。毛泽东同志 1944 年迁移到这里。同时这里还住着刘少奇、朱德、周恩来、任弼时等中央书记处书记。

在《杨家岭、枣园》中，诗人写到了江西省青年造林模范杨大毛。原来，杨大毛的乳名叫石发生——

……当井冈山的红旗正在飘扬的时候，他才两岁多。他的家住在那个时代的红色京城瑞金的沙洲坝。父亲和叔叔都牺牲了。他和他的邻居的小孩子一起玩耍。而他的邻居不是别人，正是毛泽东同志。毛泽东同志天天欢迎这位小客人的到来。而他还不大会向人介绍自己的乳名，毛泽东同志就叫他“大毛”，因为跟他一起玩耍的毛泽东同志的小儿子名叫“小毛”。

“星星之火，可以燎原!”……井冈山的红旗插到了延安，插遍了全中国……今天，当年的“大毛”——江西省青年造林模范杨大毛同志来到了延安……

在枣园——

杨大毛和枣园乡的青少年们又会了面……枣园的红色青少年们和杨大毛交谈着他们各自的儿时的记忆：在这里墙外的谷子地里，毛主席和他的爷爷、伯伯经常谈话，在那边山坡下的小礼堂里，他跟着他的父亲参加过毛主席、朱总司令的招待酒会……

这是多么难忘的回忆呵，这是多么温暖的记述呵！杨大毛和枣园乡的青少年们不正是“赤卫军……青年团……红领巾”的象征吗？他们正在继承老一辈革命家的精神和遗志，像那滚滚的延河，在呐喊着“前进，前进……”

正因为有这样优秀的接班人，所以——

社会主义路上大踏步走，
光荣的延河还要在前头！

还要——

“告诉咱们的毛主席吧，告诉咱们想念的同志们，咱延安，保住了过去的光荣，如今又在社会主义的大道上跑步前进了！”

十年过去了，容光焕发的延安依旧保持着革命本色，吃着延安小米饭成长起来的诗人，当然是情不自禁地更加热爱，当然是来了还想来——

身长翅膀吧脚生云，
再回延安看母亲！

结束语

《回延安》是一首罕见的杰出的抒情诗。它为什么如此生动感人？由散文《重回延安——母亲的怀抱》可以得到印证：

首要关键在于诗人的真情流露。这种情，是诗人发自肺腑的情感，而不是硬挤出几滴眼泪的虚情假意。

其次，在于细节的描写。尤其是第三章更为突出。

第三，口语入诗，如拉家常，非常自然亲切。

第四，语言运用上还有“一唱三叹”的效果。

总之，《回延安》的出现，一下子轰动了诗坛。从此，诗人一发不可收拾地进入了他的新的诗歌境界……

他的评价恰如他

——读《贺敬之文集·文论卷》

阅读《贺敬之文集》，笔者发现有这样一种现象：贺敬之不管在诗中，还是文中，他对别人的评价往往又非常切合他自己。

原因何在？不外乎以下几点：一是他与所评价的对象立场、观点、方法一致或曰大体一致，二是他与所评价的对象具有一致或曰大体一致的品格，三是他与所评价的对象取得的成就大体一致。

下面，笔者就《文论卷》中选出贺敬之评价别人的话语来对他进行评价，看看是否是这样。

一、党员作家、革命作家、战士作家

为什么用“作家”这个名称？因为贺敬之不仅是剧作家、诗人，还是词作家和马克思主义文艺理论家，所以，笔者只好用这个名称来统一。

1986年，湖南召开丁玲作品研讨会，贺敬之因为工作脱不开身，无法到场，就给研讨会写了一封信。他在信中指出——

我觉得对丁玲的研究，还应当注重对作者这个人的全面研究。具体地说，就是把她作为一名无产阶级革命战士，作为一个共产党员作家来研究。这就是除了把她的作品当做一个革命战士的革命品格的反映，当做一个共产党员党性的表现来考察之外，还应当研究她毕生走过的生活道路，研究她整个的革命实践和文艺实践。正是在这一点上，我想说，丁玲同志是我从现实生活中所能见识到的一位真正名副其实的共产党员作家，是一位以她的党性的光辉使我感到确实是为我们这些党员文艺工作者树立了榜样的人。她在和阶级敌人、民族敌人作斗争所经历的严峻考验都说明了这一点。特别是在革命阵营内部和党内长期的不幸遭遇中所经历的令人惊叹的反复考验，更说明了这一点。她九死不悔的对共产主义的坚定信念，她始终不渝地对党和人民的无比热爱，她在任何情况下都坚持原则的革命精神，她不计个人恩怨、以团结为重的气度和苦心，所有这些都是使人在事实面前不能不被说服或者不能不放弃无端的偏见而予以钦佩的。丁玲同志确实是一位有坚强党性的党员作家，是我国伟大的无产阶级革命文艺运动的杰出代表。（《卷4》176页《研究她整个的革命实践和文艺实践——致丁玲作品讨论会》）

结合贺敬之的人生实践、革命实践、文艺实践和领导实践，笔者感觉用这段话来评价贺敬之自己是多么切合实际啊。

我们再来看一下贺敬之对艾青、公木的评价：

他不愧为一位杰出的人民文艺家、革命文艺家。我们的党、我们的国家，为有艾青这样优秀的文艺家而感到欣慰、感到骄傲。(《卷4》449 页《在艾青作品国际研讨会上的讲话》)

艾青的一生，是和人民同心、和时代同步的一生。(《卷4》451 页同上)

您坚定的共产主义信念，顽强的革命精神，精深的学术造诣和丰富的创作经验，曾给过我们以宝贵的教益，值得我们永远学习。(《卷6》257 页《继续领唱“向前、向前……”——致公木》)

这些话，不也正是贺敬之的人生与艺术的写照吗?

贺敬之在小学时，就接受了进步老师和进步书籍的影响。在湖北、四川求学时，积极投身抗日救亡活动，曾与同学创办宣传抗日和革命的名为《五丁》的壁报，参加“挺进读书会”，阅读革命书刊，学习马列著作，了解共产党及其领袖人物，等等，充分彰显了他发自内心的追求革命、追求光明、追求进步的人生品格。

1940 年 4 月底，15 周岁的贺敬之“与同学李方立、程芸平（地下共产党员）和吕西凡离开梓潼，历经艰险，长途跋涉到达西安八路军办事处”。“‘七一’建党节后，随同徐特立等一批领导和干部一起乘军用卡车到达延安……经何其芳面试考入鲁迅艺术文学院文学系第三期，成为班上最小的一名学员。”1941 年“3 月 23 日，由张铁夫、程堃介绍加入中国共产党，9

月转正”。转正时，贺敬之还不到 17 周岁（贺敬之于 1924 年 11 月 5 日出生），可以说，他是一位彻彻底底的年轻的共产党员。(《卷 6》495 页《贺敬之年表》)

贺敬之刚到延安的时候，创作主要还是以诗为主。他这样定位诗人和诗人的工作——“诗人——马克思列宁主义者!”(《卷 1》58 页《我们这一天》)“在这里，/诗人和他的诗，/就是/工人和他的铁锤；/就是/农民和他的镰刀；/就是/战士和他的枪。”(《卷 1》60 页同上）也就是说，从一开始，贺敬之就把自己当成了党员、战士，把自己的命运与中国共产党、与中国人民、与中华民族、与中国革命紧紧地连在了一起，从此，再也没有分开过。

1941 年，贺敬之怀着向母亲倾诉冤屈的心情创作出了反映家乡旧社会黑暗现实、家乡人民悲惨遭遇的《乡村的夜》这样的具有深刻现实意义的叙事诗集。连同他以前的诗作，他被何其芳誉为“17 岁的马雅可夫斯基”，并且认为《乡村的夜》自“五四”以来还很少有人写过（详见贾漫《诗人贺敬之》61 页至 62 页，大众文艺出版社 2001 年版)。

1942 年，在毛泽东《在延安文艺座谈会上的讲话》精神感召下，贺敬之和广大文艺工作者走出延安“小鲁艺”，走向了社会“大鲁艺”，写出了众多反映时代风貌、配合现实革命斗争的秧歌剧、歌词，特别是执笔了（主要执笔人）具有奠基意义的民族新歌剧《白毛女》。《白毛女》在中国文艺史上，就像一面红旗，对唤醒广大劳苦人民起到了空前的鼓动激励作用。

1945年8月，日本侵略者投降。9月，贺敬之“随华北文艺工作团离开延安，长途跋涉二千余里，历时五十天，于11月8日到达张家口，在新组建的华北联合大学文艺学院文工团创作组工作”。(《卷6》497页《贺敬之年表》）在行军途中，他创作了《行军散歌》十二首。其中有一首《看见妈妈》，深刻体现了他和人民的鱼水亲情。其实，这首诗和《笑》、《平汉路小唱》等作品正昭示了贺敬之追求革命的意义所在——全心全意为人民服务。

1947年，贺敬之参加了解放青沧的战役，由于作战英勇，立功受奖。这是他作为血与火的革命战士的风采。他的《行军散歌》、《回答今日的世界——读王杰日记》等，正是革命战士精神的卓越体现。

贺敬之还这样评价过诗人韩笑和徐放：

……记录了战士兼诗人同祖国和人民齐忧乐、共枯荣的历史命运。它让我看到了在社会主义事业的艰险长途上，长跑者的坚定步伐和真正的战士风姿和情怀；看到了在历经劫波之后的新征途上，诗人的成长、壮大和成熟。（《卷4》274页《“长跑诗人”》）

徐放同志的可贵之处恰恰在于，不管是革命吃得开还是吃不开，革命是顺利发展还是受到挫折，革命是处于高潮还是处于低潮，他始终具有坚定不移的革命信仰、革命理想、革命意志、革命情怀。这是多么可贵啊！（《卷4》484页《在徐放作品研讨会上的发言》）

这样的评价对于贺敬之自己又何尝不是这样？

看到人民遭受的苦难，他写出了《乡村的夜》这样穿透人心的诗篇；看到人民翻身得解放，他写出了《笑》和《放声歌唱》等一系列鼓舞人心的杰作；“四人帮”倒台，他和全国人民一起歌颂《中国的十月》；当资产阶级自由化泛滥的时候，他立场坚定，坚决抵制；当苏联红旗落地、东欧变色的时候，他“泪如注，心如烛”……他“赤心赤旗赤县民”的信念，他“心瘁尽牵国盛衰”的品格，在《贺敬之文集》里熠熠生辉。

社会主义文艺必须具有社会主义、共产主义的思想内容，这种文艺在社会主义国家中应当是核心部分、主导部分。通过阅读《贺敬之文集》，可以看到，贺敬之的作品完全属于社会主义文艺，他既是党员作家、革命作家、战士作家，更是人民作家。

二、对社会主义文艺理论的重大贡献

贺敬之在《艺术属于人民》的序中认为作者戚方（徐非光）——

对文艺领域许多重要问题比如文艺和时代、文艺和群众、文艺和政治、批评依据和社会效果、社会主义文艺发展和对外开放、马克思主义的指导、克服“左”的和右的错误思想倾向等问题的论证，都有较强的全局感、历史感和现实感，读来能使人眼界开阔，理论上也能给人多方面的启发。（《卷4》191页）

然而，贺敬之恰恰在这些方面进行了积极探索，做出了开创性的突出贡献。

贺敬之非常重视社会主义文艺的指导思想问题。

1985 年，贺敬之在《贺敬之文艺论集》序中强调，“我国社会主义新时期的文艺，仍然必须以马克思列宁主义、毛泽东思想作指导。”（《卷 4》152 页）

贺敬之认为，“坚持并发展马克思主义的世界观和文艺观，自觉地把它作为指导思想，这是保持文艺的社会主义性质的首要条件，是党和国家制定正确的文艺政策的科学依据，是文艺工作者健康成长和文艺创作及理论研究健康发展的根本保证。”（《卷 4》152 页）

后来，贺敬之在湖北检查指导工作时又重申，“以马克思主义作指导，是决定我们社会主义文艺方向、性质的大问题。”“我们文艺界各条战线，都要研究如何学好马克思主义的问题。”（《卷 4》155 页）对于马克思主义，贺敬之强调一要坚持二要发展。

贺敬之强调，“人民是不朽的。只有为人民而歌才可能成为不朽之歌。”（《贺敬之谈诗》283 页《题〈华夏诗报〉创刊》）他指出，“为农民服务，是社会主义文艺的重要职责。积极反映农民群众和农业战线的生活和斗争，更多地为农民写作和演出，大力发展农村业余文化艺术活动，是文艺为农民服务的几个不可缺少的部分。”（《卷 3》254 页《发扬群众文化传统，为社会主义现代化服务》）回顾贺敬之的文艺生涯，我们不能不钦佩他对人民炽热的情感，他语言中的民族性和群众性特色，文章中富含的革命精神。

贺敬之认为，“我国的社会主义文艺是对外开放的文艺，决不能闭关锁国。我们应当吸收包括资本主义现代文艺在内的一切对我们有益的文艺成果”。他强调，“这种吸绝决不是囫囵吞枣，更不能饮鸩止渴，而应当是有所鉴别、有所取舍。”（《卷4》153 页《〈贺敬之文艺论集〉序》）

新时期以来，由于工作性质原因，贺敬之清醒地指出文艺战线存在的问题和缺点，特别是两种错误的思想倾向，即“左”的思想倾向和对剥削阶级腐朽思想、对资产阶级自由化迁就迎合的“右”的倾向。贺敬之强调，“正确地处理两条战线的思想斗争，有什么错误就纠正什么错误，过去是、今后仍然是社会主义文艺健康发展的必要保证。”(《卷4》153 页《〈贺敬之文艺论集〉序》）针对当时资产阶级自由化的泛滥，有人对四项基本原则和“双百”方针误解和曲解，贺敬之指出，“贯彻党的‘百花齐放、百家争鸣’的方针与当前正在进行的坚持四项基本原则、反对资产阶级自由化的斗争是一致的。反对资产阶级自由化，决不意味着取消‘双百’方针，也不会取消艺术民主和创作自由。”（《卷4》220 页《关于当前文艺战线的几个问题》)。

关于文艺理论问题，1984 年 4 月 14 日，贺敬之在中宣部文艺评论工作碰头会扩大会上指出：“什么是文艺理论？按照我们过去的理解，就是指关于文艺创作的理论。而现在，有一个重要的理论课题提到我们的面前，这就是关于整个社会主义文艺事业的理论。……应该看到，今天我们的文艺事业不是光写几个作品就行了，它要和社会思潮发生关系，和广大观众发生关系，也要和国家政权发生关系……”（《卷4》34页）综观贺敬之的讲话、发言、文章等，他的文艺理论涵盖的内容包罗万象，包括文艺的指导思想、坚持党的宏观领导、方针政策、创作队伍、管理体制、文艺心理学、文艺立法等方面，内容非常广泛，内涵非常丰富。这是贺敬之对社会主义文艺理论的创新、丰富和发展。他是站在国家大局、文艺全局的高度来看待和思考社会主义文艺。

由贺敬之口述、李准笔录整理润色、贺敬之自己修改定稿、发表于1991年《人民日报》和《求是》杂志的《关于建设有中国特色的社会主义文化的几点看法》长篇文章，通过对新时期文化工作的历史回顾，系统地总结了做好文化工作的四点基本经验，提出了建设有中国特色的社会主义文化的八条必要保证。这是贺敬之社会主义文化理论的集大成之作、高屋建瓴之作。

贺敬之对“二为”方向的建议，对“双百”方针的丰富，以及提出“主旋律和多样化”、“一手抓整顿，一手抓繁荣”，这些创新的理论，已写进了党和国家的文件，成为指导文艺创作、发展的指针。

丁国成在《贺敬之谈诗》序中指出，“敬之同志时为文艺界领导人，直接参与了在党中央领导下的事关我国文艺全局的理论探讨和政策调整，并就新的历史条件下文艺工作所面临的一系列重大理论问题，如怎样坚持和发展毛泽东文艺思想，怎样把握邓小平文艺理论，怎样贯彻‘二为’方向和‘双百’方针，怎样正确地吸收世界各国的优秀文化成果和应对西方各种思潮的挑战，怎样积极地繁荣创作和各项文艺事业，怎样开展马克思主义的文艺批评等，发表了深思熟虑的意见；对于推动党的文艺方针政策的贯彻执行，起了重要作用。”

基于此，贺敬之对戚方的评价完全适合他自己，尤其是他作为文艺界领导人和他对社会主义文艺理论的重大贡献，这个评价对于他来说，倒显得分量有些轻了。

三、一座无法绕过的高峰

……在我看来，丁玲是继鲁迅、郭沫若、茅盾之后的无产阶级革命文学（不是广泛意义上的“五四”以来的新文学）的又一杰出作家……（《卷4》175 页《研究她整个的革命实践和文艺实践——致丁玲作品讨论会》）

王大化这个响亮的名字，在我们国家的文艺发展历史上，特别是在戏剧发展史上，占着非常重要的位置。（《卷4》199 页《在纪念人民艺术家王大化逝世四十周年大会上的讲话》）

看到贺敬之对丁玲和王大化的评价，笔者不由想起了 2014 年第 6 期《文艺理论与批评》杂志上张器友的一段话。张器友认为，“贺敬之创作道路上有三座里程碑。第一座是延安时期延安鲁迅艺术学院集体创作、由他及丁毅执笔的歌剧《白毛女》，第二座是新中国成立后创作的新诗集《放歌集》，第三座是 1980 年以来创作的‘新古体诗’《心船歌集》。贺敬之文艺创作的成就，由这三者所体现，三者缺一不可。”

毋庸讳言，贺敬之这个响亮的名字，在我们国家的文艺（戏剧、新诗、歌词、古体诗和文艺理论）发展历史上，占着非常重要的位置。对于学习、研究中国新诗、新歌剧、新古体诗、歌词和社会主义文艺理论的同志来说，贺敬之是无法绕过的一座高峰。

贺敬之还评价王大化“是我们革命歌剧的奠基人之一”。

而从新歌剧《白毛女》取得的艺术成就和深刻影响来说，贺敬之自己当然也“是我们革命歌剧的奠基人之一”，甚至可以说是主要奠基人之一。

自由诗·成就·技法

痛得滴血的诗句

——读贺敬之早期自由诗《乡村的夜》

贺敬之早期的自由诗《乡村的夜》，包括《弟弟的死》、《五婶子的末路》、《鸡》、《牛》、《夏嫂子》、《儿子是在落雪天走的》、《小兰姑娘》、《婆婆和童养媳》、《老虎的接生婆》、《祭灶》、《葬》、《在教堂里》、《圣诞节》、《铁拐李》、《红灯笼》、《小全的爹在夜里》、《醉汉》、《瓜地》、《黑鼻子八叔》，均写于1941年。

贺敬之在《贺敬之诗选》1979年版序中曾说过这样一段话：

我少年时代曾用笨拙的诗句记录过我对旧中国农村的悲惨生活的回忆（其中一部分选收在本书的“乡村的夜”一辑中）。那是我在革命圣地延安的温暖怀抱中，带着向母亲倾诉冤屈的心情，把它作为一去不复返的往事来写的。（592页）

虽然是“作为一去不复返的往事来写的”，但这些诗却有穿心入肺的功能。读这些诗句，让人有一种揪心的痛，感觉字字都在滴血，令人悲恨，令人激奋。

下面，笔者就《贺敬之文集·新诗卷》中《乡村的夜》的诗作择篇以解读。

一

《弟弟的死》（91 页）讲述了埋葬弟弟的过程以及弟弟的死因：

瘟疫鬼捉住了我的弟弟，/……/请不到先生，没有药，他终于断气。

诗中表达的是母亲对孩子绝望的爱、哥哥对弟弟绝望的情。诗句非常质朴却又痛彻心扉。

……现在，太阳落下了，冷风吹起了。/啊，是这样的夜晚，是这样的秋天。/田野里没有绿色，村道上没有行人，/我的弟弟已经埋葬，面前堆起了一个小坟。/我们埋了。我们的泪流了。我们什么也没有了。/我的弟弟已经离开人世，/他再也听不见娘儿两个的哭泣。/啊，是这样的秋天，是这样的夜晚。

这是此诗最后一部分。看似平常的叙述，却又实在不平常，它具有穿骨入髓的力量。

这样的诗句还很多。一开头，描写“哥哥”挖坑的过程就是这样——

我挥起一把沉重的镢头，/为我死去的弟弟刨一个小小的坟坑，/我的镢头扬上又抛下，/啊，我的眼泪已快把坟坑填平。

基本上是白描。但就是这样的白描，却让人感到异常沉重。诗里的“沉重”，对于年龄不大的哥哥来说，既指镢头的沉重，更是心情的沉重。

当然，对于母亲来说，丧子更让她悲痛欲绝——

看娘已走上了山冈，/仿佛喝醉了酒，她走过了树林，/……

娘的声音已经哽住：/“孩子，先不要埋，我要再看他一会儿!”

“我要再看他一眼，我要再看他一眼呵。”/在尸体旁边，娘倒下身来……/“不要埋，先不要埋，/我要再看看我亲生的小孩。”

母亲“仿佛喝醉了酒”，不让大儿子埋，她还要再看一眼、再看一眼，这朴素的描写是绝望的撕心裂肺。

贾漫在《诗人贺敬之》第60页《“从来没有见过别人这样写!”》中有这样一段话——

1941年开始，贺敬之不再写以前那一类的诗了。受着时代气候的影响，他醉心于鲁迅的短篇小说，就像以前能够背诵艾青和田间的诗，他还能背鲁迅的小说。像《故乡》、《离婚》、《肥皂》中的大段文字，他都能够背下来。吴组缃反映农村生活的小说，对他也很有影响，农民受剥削受压迫的苦难生活与悲惨命运，自然引起他的共鸣。这时，他的父亲，已经先一年在贫病交加中倒下了，他的一个小弟弟，也饿死在家中。家国的命运，民族的命运，如此多灾多难连接在一起。日本偷袭珍珠港事件的爆发，苏德战争的爆发，皖南事变的爆发，接踵而至，真可谓祸不单行。

从这一段话中，大致可以确定《乡村的夜》所描写的真实背景。

《五婶子的末路》（95 页）写的是一位被黑暗的旧社会逼疯了的妇女投河自杀的故事——是地地道道的“旧社会把人逼成鬼”。

诗的一开头就暗示了主人公的“末路”——

五婶子前面是流淌不息的大河，/五婶子后面是将落的太阳。

“流淌不息的大河”挡住了前行的路，“将落的太阳”熄灭了最后的希望。你说，五婶子活着还有什么意思？而当时她剩下了什么“财富”呢？——

五婶子将仅存的一个孩子抱在怀里，/在那怒吼的浪涛前面，她低下头来。

“低下头来”说明五婶子对投河自杀还抱着犹豫的态度，可能她还不想连累“仅存的一个孩子”。那五婶子的亲人都到哪里去了呢？她“低下头来”在回忆什么呢？原来——

……整整一年了，五叔被关在监牢。/啊，那不是五叔的黄瘦的面孔？/那不是给张大爷鞭打的伤痕？

……五婶子静静地回想着，/这一年——/大儿子流浪到远方，/没有一点音讯；/老黄牛叫张大爷拉走了；/女儿病死在炕头上……

生活落到了这种地步，真是叫天天不应，叫地地不灵。没有先进思想武装头脑的穷人只能像祥林嫂一样，被逼傻，被逼疯，甚至跳河自杀，一死了之。五婶子就是这样——

……五婶子静静地回想着，回想着。/她抬起头来。/忽然，她笑了，/面对着浪涛，五婶子笑了。/五婶子像喝醉了酒，/她抱着孩子跳下河去，/河水激起一阵浪花。/……于是，一切又归寂静。/黑夜到来了。/河水吞没了五婶子和她的孩子柱儿。

一个“笑”字，蕴含了多么深刻的含义啊！这是绝望的笑，也是反抗的笑——以跳河来控诉这世道的黑暗。但，结果也只不过“激起一阵浪花”罢了，随后，“一切又归寂静”。只不过是——

大河里又添了两个水鬼，/河面上是迷茫的秋天的夜。

这就是旧社会的穷苦人，这就是没有被先进思想武装起来的穷苦人的下场，他们找不到曙光。

在当时的现实中，不是每个人都能找到曙光的，只有在共产党出现的地方，“鬼”才会被新社会变成“人”。

《鸡》（97 页）描写的是兵患。

死了丈夫、跑了儿子、吊死了儿媳的老婆子与小孙子相依为命，偏偏来了几个大兵——

老总们吃够、喝够，/一直到累了，/他们才走出老婆子的茅屋，/向当街走去。

……

老总们都向当街走去，/连头也不回。/不知道他们又到谁家去了，/他们是想到哪里就到哪里。

几句白描，一针见血地揭露了国民党匪军祸国殃民的地痞无赖本质。特别是“他们是想到哪里就到哪里”一句，看似平常，却含着极度的愤怒。那么，他们在老婆子家里干了什么坏事？——

呵，柴火，给烧尽了；/面，给吃光了；/仅有的一只老母鸡也给杀了；/老婆子自己，也叫他们打了。

对于挣扎在死亡线上的穷苦农民，这样的军人，自然会引起怨恨和诅咒——老婆子从屋角里爬起来，又哭又骂：

“那些碰炮子儿的，/那些千刀剁的……”

当然，老婆子的骂声只能是心里的骂声，如果让“老总们”听见，那就不仅仅是挨打了。可即使“老总们”没有听见，老婆子事实上已经向死亡靠拢了——

老婆子在心里咒骂着，/哭声渐渐地哑了。

看来，老婆子被他们打得很重。

“天黑了下来。/小孙子从街上拾破烂回来了，/筐子里多了一些‘洋烟’纸。”小孙子对奶奶说：

“奶奶，老总给我的‘洋烟’纸，/不要烧锅，给我留着玩儿……”

穷得连“洋烟”纸也成了好玩的东西。可是——

奶奶不理小孙子。/奶奶已经完全昏迷了……

也许小孙子已经习惯了吃了上顿没下顿的生活，对于奶奶的“不理”，他并没有在意；也许小孙子还沉浸在“洋烟”纸的欢乐中，“忘记”了饥饿；也许小孙子在外边拾破烂的时间太长，太累了，竟“也倒在奶奶身边睡去”。但毕竟饿得太狠了，小孙子在梦中竟对奶奶说：

“奶奶，老总们真好，/给我‘洋烟’纸，留着玩儿……/奶奶，老总们还吃白面馍馍，/老总不给我，我饿……”

“老总们”好，只给小孙子“洋烟”纸，却不给馍馍吃，还四处搜刮，“老总们”真是好哇！这先扬后抑的对比手法揭露了国民党匪军的可恶。

小孙子的梦话奶奶听见了吗？显然没有，因为“她已经停止了呼吸……”唉——

这日子，哪里是尽头？/看屋檐上：/飞过去第二颗“贼星”，第三颗“贼星”……

是啊，“这日子，/哪里是尽头？”天上的“贼星”一闪即逝，并不能给人造成什么伤害；而人间的“贼星”就不一样了。他们岂止是贼？分明就是强盗——光天化日下的强盗！你看，老婆子已经被他们打死了——

明早的第一道阳光/要把小孙子一个人叫醒……

可是，叫醒小孙子又有什么用呢？他还是儿童呀！在那样的年月里，谁来抚养他？谁能给他指出一条生路……

关于此诗里描写的国民党军的情形，贺敬之的父亲贺典谟就遇到过——

……从台儿庄前线撤下来的国民党军队有的纪律特别差，有的表现则特别好。住在贺敬之家的一个营长，特别和气，给人留下很深的印象。但是，大多数军队纪律很差，台儿庄会战以前，一天深夜，驻军的一个下级军官，找到贺敬之的父亲，伸手做点指状，即将拇指和小指翘出来问："这个你懂不懂？"贺典谟当然不懂，因为那是鸦片烟的代号，由于说了句不懂，被一巴掌打在脸上。

还有更早的一次，贺家窑村口的围子门被人上了锁，县里的官兵来了，推门不开，就大声喊骂，后来将门哗啦一声推开了，正赶上贺典谟在那里，就赖他锁住门不让进，于是就猛打，打得鼻子和嘴都流血，一直打倒在地……这样荒乱的年月，只有老百姓最倒霉，少年贺敬之的耳闻目睹，实在是糟透了。(《诗人贺敬之》14 页《去路烟尘》)

由此可见，《鸡》的凄惨描写形象地反映了当时的现实生活，只不过故事不同罢了。

《牛》(101 页) 里面，主人公的父亲去年从集上买了一头小黄牛，小黄牛成了全家的依靠和命根子，却被王大爷家要账的走狗赵大黑子给强暴地牵走了。这不得不让人联想到《白毛女》里黄世仁的走狗穆仁智在除夕夜晚来找杨白劳要债。杨白劳被逼喝卤水自杀。《牛》里虽然没有逼死人，但全家的依靠和命根子没了，能好到哪里去呢？

此诗分为四章，第一章的开头和结尾分别用了两首民谣来表达主人公对父亲买来小黄牛的欣喜之情——

“桃花开，/杏花败，/李子开花炸咸菜……”

“天老爷，/地爹爹，/下阵小雨我歇歇！”

第二章写全家人虽然清苦，却充满欢乐，尤其是对小黄牛的期待——

爹站起来，/一手端着饭碗，/一手摸着小黄牛：/“乖孩子……/好好把小黄牛放大，/以后的日子都指靠着它……”

但是在第三章里，他们的美梦被赵大黑子给碾碎了——

赵大黑子，赵大黑子，/他两眼比杀牛的老么还厉害。/“还账！还账！”/赵大黑子活像阎王老爷。

爹哀求他，/赵大黑子一脚把爹踢开。

寥寥几句，赵大黑子的恶棍走狗形象就大摇大摆地出了场。

“家里有什么好还账？/收下的新麦早叫他拿走了，/高粱才出苗。”怪不得，主人公放牛回来，“今晚上又是一顿芋头叶窝窝，/还有稀米汤。”

即使生活得如此窘迫，赵大黑子还要雪上加霜——

赵大黑子眼睛一转——/他瞪住我的小黄牛。/小黄牛！小黄牛，/小黄牛怕得打哆嗦了。

连小黄牛见了都吓得“打哆嗦”，可见赵大黑子在当地是多么凶狠凶恶凶暴凶残！

主人公当然不能让赵大黑子把心爱的小黄牛牵走——

我把身子护住它，/我用手挡住它，/小黄牛！/小黄牛！/咱俩死也不能分开呵。

可是，赵大黑子才不管是大人，还是小孩子；才不管主人公家吃糠咽菜，还是喝东北风西南风。他“一下子把我摔倒”，“拉着小黄牛就走”。

小黄牛叫着，/爹哭着，/娘哭着，/我拖着小黄牛的尾巴不放！

但最终，“赵大黑子的铁棍把我们打倒了”，“小黄牛叫人家拉出门去了！/我爬起来去追，/追不上了！/小黄牛再也不见了！”

没有了命根子小黄牛的结果是可想而知的——

到冬天，/没有柴火，/没有粮食，/雪花落下来了。//爹哭着，/娘哭着，/田地哭着……/在这里，/在雪花落到的地方，/哪里没有哭声呢？

……/在雪花落到的地方，/谁会不哭呢？

我想小黄牛呵，/我想小黄牛，/叫我怎么能不哭呢！……

《夏嫂子》（108 页）里面，她的丈夫因为做了“强盗”，被东家活活打死。这四五年间，她独自带着两个年幼的孩子艰难度日。迫于生活，她趁中午地里没人干活的间隙“偷”起了高粱叶，却被地主的走狗“看青的”所强暴。她因此疯了，变成了“披头散发的女鬼”。

又是一个“旧社会把人逼成鬼”的故事!

这首诗里，可以看到夏嫂子丈夫的气节——

……她的眼前闪出了那一张忘不了的画面：/东家的大厅上吊着一个“强盗”，/狠毒的人们用鞭子蘸着凉水抽他，/“招出来！招出来!”东家喊着。/一个妇人和两个小孩跪在他的脚前，/“饶了他吧，老爷，饶了他吧……”/妇人哭喊着，孩子扯着妇人的衣襟。/“站起来，你，”“强盗”在鞭打中叫喊，/“起来，不要再跪下，孩子的娘！……”

贺敬之曾经告诉笔者，在他上小学的那个村子里，他亲眼看见过一个财主抽打一个长工，后来得知，原因只不过是那个长工偷吃了财主家的一块蜜糕。

我们不知道夏嫂子的丈夫具体做了什么“危害”东家的事情，也许是和其他的穷苦人一起抢了东家的粮食，也许是“偷”了东家的东西，也许是不小心打碎了东家的东西……但在剥削者面前，丈夫的态度凸显了做人的骨气。

不屈服于东家淫威的丈夫被东家及其走狗毒打折磨而死，软弱的妻子为了生活只得去“偷”高粱叶子。

在这首诗里，有一个最可恨的角色——“看青的”。他是剥削阶级的爪牙、走狗。

就在夏嫂子“又转过了几块高粱地。/高粱叶子够背的了，/又找到甜秫秸和‘乌米’，/到了应该回家的时候……”——

忽然，前面的高粱棵里闪动着人影，/她惊慌地停住脚步……/而那个人，那个大个子已经跨到她的眼前。/他手里拿着红缨子标枪，/两只发红的眼睛狠狠地瞪住了她：//“好，兴这样说的，/庄稼才锄头遍，就来打叶子!”/那汉子捉住了她的手：/“走，到庄上见六大爷去!”

这个说得“振振有词”的人，就是“看青的”。他的真实目的并不是要拉着夏嫂子“见六大爷去”，而是要趁着夏嫂子“理亏”，狐假虎威地强暴她——这个狗东西的罪恶目的达到了!

他完全将夏嫂子害了——

在风里，雨里，/放牛的孩子从地里失神地跑回来，/说碰见一个披头散发的女鬼，/哭着，叫着，/不知道奔向哪里……

他不仅仅害了一个人，而是害了一家人——

在风里，雨里，/庄头上两个小孩从倒塌的小屋里爬出来，/哭着，叫着，/要他们的娘回去……

这是多么悲惨的境况呵，这是多么沉痛的现实呵!

《儿子是在落雪天走的》（114 页）讲的是一位母亲想念儿子、盼望儿子回来、儿子却被强盗杀死的故事，同样催人泪下。

儿子因为饥荒，被迫在落雪天离家出走了。

“一个月以后”，儿子带领“一大群饿慌了的人，/结成了队伍”，抢了富人的东西，“给母亲带来了新棉袄，/带来了白面和柴火，/也带来了火——/于是，寒冷的小屋里温暖起来了”，让母亲“吃饱了，也穿上了”。为此，“她的眼睛里充满了欢喜的泪水……”

但是，儿子又向风雪中走去。

这一走，就再也没有回来。

“无知”而善良的母亲不知道自己的儿子已经做了强盗，她也根本不相信自己的儿子会做强盗，因为在她的心里，儿子是好孩子。

所以，当“过路的人在风雪中出现，/向母亲告诉：/‘你的儿子死了，/因为他做了强盗。’”的时候——

母亲摇摇头：/“你不要蒙哄我，/我知道他就要回来。”

多么令人痛心的诗行！

孤苦的母亲天天都在想着儿子能够回来，日子越长，她的思念就越深……

路人并没有“蒙哄”她。“又是很久很久了，/又是落雪天……”母亲等了整整两年或是许多年，等到的结果却是——

连过路客人也没有了，/儿子真的再也不见回来。

儿女是父母生活的动力和光，儿女没了，父母还有什么希望？

母亲的眼睛渐渐地失去了光亮。/母亲的心里也结成了冰了。

残酷的现实让母亲逐渐相信自己的儿子可能死了，但她仍不相信儿子会做强盗：

“他……他是真的死了吗？/他是个好孩子，他不会做强盗呵。/……唔，我明白了，/可怜的孩子是死在强盗的手里了。”

这是“惊天地，泣鬼神”的诗句！发人深省！

在作者的眼里，作为统治阶级的剥削者才是真正的强盗。罪恶的旧制度逼得人民不得不为了生活而去做“强盗”。这样的制度，当然要批判和推翻。

《小兰姑娘》（118 页）讲道，她是在被娶走的第七天吊死的。

小兰是谁？——

——小兰姑娘是王五伯伯的闺女；/王五伯伯是李大爷的租户。/王五伯伯把小兰许给李金余；/李金余是李大爷的侄儿。/李金余是富人，/我是穷人；/李金余在学堂里，/我在田野里。/——小兰姑娘却喜欢我。

小兰长什么样？是什么性情？——

春天到了，/小兰姑娘就是春天。//春天的花朵真好看，/小兰姑娘却更好看；//春天的太阳真温和，/小兰姑娘却更温和呢。

我和小兰青梅竹马、两小无猜，可是王五伯伯已经把她许给了李金余，怎么办呢？——

“咱俩跑走吧，小兰！”

……一个夜里，/我去找小兰。/她怕叫爷娘知道，/悄悄地从屋里出来，/来到我面前。//于是，我们走了，/跑过小河。

我和小兰商量着“到外头去，到很远的地方去。”反正越远越好，反正我——能和小兰一起就好，小兰也是——只要能和我一起就好。

只是我和小兰都太年轻，没有经验，我们的力气也不够大。因此，“不到天明我们就糟了！/李大爷派人把我们捉了回去。”后果当然可以想象——

小兰的娘来打小兰，/李金余把我摔到河沟里。/不到两天，/李金余就把小兰娶走了。

可是，娶走没几天，那个比春天的花朵还好看、比春天的太阳还温和的小兰，吊死了！多么纯情又刚烈的女子！怎不令人肝肠寸断、痛惜追思！

《葬》（135 页）是一首共 25 行分五段的叙事诗。诗作每一段的开头，都用“他直到很晚很晚才回来”作引领，颇有抒情诗的味道，但却是地地道道的叙事诗。

作者设计得非常巧妙，开头一上来就强调“他直到很晚很晚才回来”，晚得连——

抬棺材的人，掘坟的人都走散了，/他却一直伏在新坟上哭着，/连解劝的人也走干净了，/他却还是在那儿哭着，声音都嘶哑了。

晚得——

林地里的猫头鹰被他的哭声惊起。/原野里罩上了夜幕，/没有星星，没有月亮，/十一月，风声像狼的嗥叫。

晚得不能再晚了，他只好“爬起来”——

……从新坟上爬起来，走出林地，/他被冷风拥着，找不见道路。/十一月，乡村的夜，无限悲凉的夜。

究竟为什么主人公会哭得那么晚才回来?

作者不说，只是一遍又一遍地强调“他直到很晚很晚才回来”。

直到第四段，才令人忽然明白——

葬过了。坟里长眠了死者——/他的哥哥，唯一的亲人。/债主们在家里等着他回去，/好分他那唯一的财产，半亩宅地。

在这里，作者抖了个大包袱。原来他和哥哥相依为命，背上了债务。但因有哥哥做依靠，他心里还能抱着生活的希望。如今，他唯一的亲人——哥哥长眠了，可欠下的债务不可能随着哥哥的长眠而长眠。在那样的年代里，他自己有什么能力偿还债务？所以，他悲痛欲绝得天塌地陷。

如今的家还回得去吗？怎么办？主人公——

从自己的家门前越过，走了，/穿过一片原野又是一片原野。/十一月的冷风在呼号——/到远方去，离开生他养他的土地。

作者没有点明他未来的路，给读者留下了想象的空间。

《铁拐李》（140 页）讲述的是挑着担子离家出走的铁匠，过了三个月，在“冰雪覆盖了原先的那条道路，/也覆盖了原先的他的一线希望”的时刻，“空空的一个人”回来了。为了给等待已久、奄奄一息的婶母熬一顿米汤，竟烧掉了自己干枯的腿。

铁匠为什么“空空的一个人”回来了？是因为“外乡也是一样……”——到处都是饥寒交迫，怎么可能有收获呢？一句不经意的“外乡也是一样……”，蕴含了多么深刻的含义呀！是无奈，是悲哀，更是控诉！

正因为“外乡也是一样……”，所以，当婶母“用枯干的手指揉开了两眼”，满怀希望地“从地上爬起”，期望着“把弄到的东西拿出来吧，/娘儿两个好过冬天……”的时候，“铁匠没有回答。/他垂下了头，一脚又跨出门去。”干什么去了？——

铁匠走出去，又走回来，/手里捧着乞讨的一把米来。

铁匠对婶母讲了实情——“外乡也是一样……”但婶母已经饿得“嘴唇上只剩下最后的一口气”了。孝顺的铁匠赶紧安慰婶母，给婶母一丝生的希望——

但是，这样的年月，/哪里有柴火，到处只是冰雪！/哪里有火苗，到处只是风暴！

可是，“奇迹”竟然出现了——“锅底下燃起了火苗，/锅里喷出了饭的香味”。在那样的年代里，人们对饭的香味是特别敏感的，对于婶母来说也是这样，因此，即便是奄奄一息，闻到饭的香味的婶母还是挣扎着爬了起来，问道：

“孩子，孩子，/哪里来的火苗？哪里来的饭香？”

是啊，到处都穷得一无所有，怎么会有火苗，怎么会有饭的香味呢？原来——

……在那里，在锅底下！/那里燃烧着的不是柴火——/那

是一只人的腿，/铁匠的枯瘦的腿啊！

铁匠的腿上生长了火苗，/铁匠的腿上飞腾着火苗，/铁匠，铁匠，/通红的火光在跳跃！

为了能够挽救婶母濒危的生命，侄子竟然自己烧掉了自己的腿！这是一种怎样的孝心啊！

当然，这个故事是具有传奇色彩的。作者小的时候就听母亲讲过《铁拐李》的故事（《卷6》98页），在这里作者进行了艺术加工；同时，故事并没有到此为止，作者又作了开掘——

……这样，我的破碎的故事并没有讲完，/我的年轻的兄弟啊！

不要笑这话荒唐呵，/我亲爱的弟兄们。

那个铁匠并没有死，他还活着。/就是在那一回，那一天晚上，/他在灶前闭上了两眼，/可是，后来，他站起来了，/这个跛了一只腿的人走过了大风雪……

铁拐李和他的七个伙伴，/今晚都来到海上了，/八仙就要过海去。

故事的了结在海的那一边，/我的李家庄的年轻的弟兄们……

《红灯笼》（147页）和《儿子是在落雪天走的》一样，也涉及到“强盗”这个问题，但《红灯笼》里的儿子死得更令人心痛，他竟然被做强盗的父亲所杀死。这是天方夜谭吗？

《诗人贺敬之》15 页《去路烟尘》里有一段这样的描写：

天边渐渐暗了下来，车到河南信阳和漯河之间，爬上来几个抢劫的人。这时贺敬之依然坐在火车的顶篷上，十八岁的陈德秀身背一个包袱，手抓住车门的把手，防止半途失散，他们之间距离很近。上来的几个家伙，突然掏出小刀，威胁他们："把钱拿出来！"

"我们没有呵！"

接着是用手打脸的声音。

接着是挣扎和拼搏的声音。

一声喊叫——这是陈德秀的喊叫声，随着叫声，陈德秀被打下车去……陈德秀的包袱里，不仅有他自己的衣物，还有大家的路费，贺敬之的路费也在其中。由于一路上火煎火燎，这位热心的、身体比较强壮的陈德秀为几个人管账，贺敬之缝在夹衣里的钱是"不动产"，是母亲为他防备万一的。

这是贺敬之与几名同学到湖北找学校的路途中发生的事。

《红灯笼》这首诗中的青年人十来岁的时候，由于家乡闹灾荒，就跟着叔父闯关东去了。混了二十来年，依旧一贫如洗，叔父还病死在关东。叔父临死前，要求侄子回老家。于是，青年在一个大雪纷飞的夜里回到故乡，有幸碰到了姑母，姑母惊喜之余劝他天明再走，因为到处都有强盗抢劫杀人。但青年思亲情切，不听姑母劝告，执意连夜赶回家里，姑母就给他一只红灯笼照明。没想到，青年走进离家很近的一片树林的时候，果然遇到了强盗，被强盗杀死。强盗把青年的所有东西都带回了家。第二天，姑母到娘家的哥哥家道喜，说是侄子回来了，红灯笼就是见证。

伏笔这一手法在此诗里得到了巧妙运用。

一是姑母向侄子哭诉了家乡的悲惨遭遇：

“孩子啊，二十年又碰上了大荒年。/一连四季草籽不收。/纳粮交租逼死了多少人……/东庄的刘三爷发过‘善心’，/十石霉粮换走了五个庄的地亩……

“树皮草根也无处去挖，/你的弟兄们饿倒在大风雪里。/你的爹娘快要完结，/眼看饿死也不敢出门。/劫路的强盗躲在每个墙角和路口，/这村人谁敢到那村……”

这两段诗句是绝不可忽略的，它既明白无误地道出了“强盗躲在每个墙角和路口”的根源，又暗示了青年的亲人也可能去做强盗，更暗示了青年的悲惨下场。

二是红灯笼的飘忽不定——

这青年人打着红灯笼——/那火光燃烧在灯笼里，/喜悦燃烧在他心里。

这里的喜悦当然包括遇见姑母的喜悦，但更喜的是姑母给他指明了回家的路，马上就要见到二十年未见的爹娘了。可是——

风雪从左边吹来，/他把红灯笼打在右边；/风雪从右边吹来，/他把红灯笼打在左边。

由于风雪肆虐，红灯笼飘忽不定，也就暗示着青年命运的捉摸不定了。

也许他和叔叔在外面闯荡这么多年，风餐露宿惯了，见识过不少的扒手或强盗，已经司空见惯、见怪不怪了，对姑母所说的话不太在意。同时——

年轻人心里充满急躁和挂念，/他恨不得一脚跨进家门。

所以“姑母怎样也不能阻拦”只好——

给他一个红灯笼打在手里，/叫他一直沿着村西的路走去。

结果，没出姑母的预料，这个青年在路过一片树林的时候，被强盗杀死了——

强盗收拾了他的获取物，/他取下青年人的包袱和衣裳，/还有那已经熄灭的红灯笼。

强盗连红灯笼都要收拾回家，可以想见穷到何等地步了。

那么，这个强盗是谁呢？——

第二天，强盗家里来了一个老妇人，/来给她娘家的哥哥贺喜，/说昨晚上她的侄儿回了家，/她给他的红灯笼便是见证。

诗到此戛然而止。诗中虽然没有说强盗是谁，但“红灯笼便是见证”。

这，就是年仅17岁的作者贺敬之天才的叙事能力。

《小全的爹在夜里》（155页）是闪烁着人性光辉的诗篇。

小全的爹因为无钱医治患病的老婆，无力供养自己的孩子，无奈之下，只好在腊八前一天晚上，“狠心”地把小全送给田大爷家，换了四吊五百钱，准备给老婆治病和过年。在回家的路上，他碰见了一个被弃的啼哭的婴儿，心里激起了怜悯的波澜。他在责怪婴儿父母的“狠心”，也为自己的“狠心”感到愧疚。

贺敬之在答《诗刊》阎延文问时，说过这样一段话：

写《白毛女》以前，我在《乡村的夜》诗集中，就写了一个为给妻子治病而卖掉儿子的农民，那就是杨白劳的前身，也是我身边生活的真实典型。(《卷4》530页)

此诗最大的成功处有两点：一是小全的实话，二是小全的爹碰见弃婴后的心理活动与话语。

小全的话让人读了感到心酸之极——

小全的娘在病着，/小全家一天就不见烟火。//小全向爹说：/“饿……”/爹不理。//小全向娘说：/“饿……”/娘不理。

一个“饿”字，体现出了小孩子的憨态，后面加了省略号，似乎带着怯生生的情感。但一个“爹不理”、“娘不理”，透露了这个家庭的极度窘迫。

穿过大门内的耳屋，/耳屋里长工们在烤着火。/小全说：/“爹，/这里比咱家暖和……”//老头子不理小全，/他的脸好像阴沉的天空。

小孩子光说实话，让大人很难堪。

小全在爹背后说：/“爹，回去吧，/田大爷家的守门狗光咬人……”

“田大爷家的守门狗光咬人……”这句诗表面看来，好像是田大爷家的狗因为不认识小全，见了小全会咬他。其实话中有话——作者的高明之处也在于此。说明小全并不知道他爹要把他卖给田大爷家，他以为讨点儿吃的可能很快就回家呢。

此诗里，小全的话并不多，就这几句，但确是画龙点睛之笔，有极强的震撼力。

再来看小全的爹在回家路上的情景。

打更人第二次踏过村庄的铺道了，/梆子的响声随着哑了下去。

天已经黑了很久，为什么小全的爹才回去？他在跟田大爷苦苦哀求讨价还价。

那田大爷给了多少呢？小全的爹在回家的路上不停地无奈地嘟哝着：

“四吊五百钱。/四吊五百钱，/我卖了亲生的孩子，小全，/田大爷再也不肯多出……”

小全的爹是极度痛苦的，因为他卖了亲生的孩子。唯一可以慰藉他心灵的是：

“小全的娘还病着，/四吊五百钱，可以买二斗米啦……”

不忍卒读的诗行！可更催人泪下的还在后面——

这是难过的年头。/冷风从前面吹来，/啊，带着小孩的哭声。

怎么回事？——

小全的爹向前走着，/面前是一个干涸的泥坑，/这里面躺着一个将死的婴孩，/哭声从他的小嘴里发出……

心情极度沉重，甚至神志有点儿不够清醒的小全的爹心里颤抖了，他怀疑：

“这是谁？/这是……不是……我的……小全……？”

从内心里，他是爱孩子的，不是迫不得已，他不会出此卖儿的下策——他的心灵一直在受着折磨。那哭声，在触动着他的正敏感着的神经。当然——

这不是小全，/小全在田大爷家里。/这是一个才生下的婴孩，/刚被抛出了母亲的怀抱。

他“止住了脚步”，“抱起了那个小孩”，并且有些生气：

“谁家生了你，小孩，/把你扔在这里，/……啊，狠心的人！”

虽然小全的爹气“狠心的人”，但他自己又何尝不是“狠心的人”呢？

小全爹的心里激烈地斗争着。这是善良的人性之美与“狠心”的人性之丑的交锋。

在那腊月的冷风里，/他站着，站着……/对着这不知是谁家的孩子，/他，忽然解开了自己的破烂的衣襟，/把小孩抱在怀里。

这是善良的人性之美在闪耀着光芒。

可是，能把孩子抱回家吗？

现实显然是残酷的，“家里躺着有病的女人啊”。把孩子抱回家，又怎能养活呢？

半天，他只好将小孩放下，/抬起脚步向前走。

可——

不知为什么，/他留下一吊钱给了这个小孩……

这个细节是非常感人的，只有同病相怜的人或心存善念的人才会产生如此举动。

刚走了一步，这陌生的小孩又哭了，/那冰冷的东西压得孩子快喘不出气来……

他只好又转了回来，重新抱起小孩，怜悯又痛苦地哄着小孩，哭诉着自己的难处：

“不要哭，小孩，/我不能带你回家，/我家里没有吃的……/唉，这是一吊钱，/我……我卖了我亲生的孩子，/他比你大……他今年……五岁了……/他……他叫小全……”

他一直念念不忘自己的孩子——小全。

小孩子不听老头子的诉说，/小孩哭着，哭着，/渐渐地，在老头子手里冻僵了。

小全的爹好像一棵枯树，一动不动，却把“嘴唇找到了小孩冷却了的嘴唇，/他的眼泪滚落在小孩冻僵了的脸上”，终于，他“大声地哭了出来”。

这个“哭”，是对小孩的怜悯；这个“哭”，是对自己卖孩子的愧疚；这个“哭”，是对自己无能的谴责；这个“哭”，更是对黑暗的旧社会的控诉！

小全的爹仿佛疯了一样，/抱着死去了的不相识的小孩，他哭着。

小全，这时候，/在田大爷家里，哭着，/要他自己的爹娘。

寂寞的小屋里，/病着的女人，哭着，/她的声音颤抖在屋角里：/“把小全带到哪里去了呢？……”

小全的爹的善念几乎完全不幸地被彻底毁灭了。令人不得不在刻骨铭心的阵痛后深思！

这就是悲剧的力量。悲剧就是将人生有价值的东西撕碎了给人看。

《醉汉》（164 页）写的是一位贫困潦倒的汉子于大风雪的夜里在酒馆里喝醉了酒出来后，冻死在老婆坟头的悲惨故事。这是对“兵荒马乱”的控诉。

醉汉年轻的时候，“死去的上一代人，/在这村庄/给他留下几亩租地和两间破屋。//当他和那棵老槐树都还年轻的时候，/那时候他是一个好农人，/耕种着几亩薄田，/他的汗珠浸透了土壤”。虽然苦点儿累点儿，但日子还能将就过去。但是——

荒乱年成，再也打不起租子，/他终于支撑不住一家的生活。/把自己亲生的孩子送给东家，/在一个夜晚里，/屋梁上吊死了他的老婆，他的亲人。

为此，“他远走了，离开自己的家乡。”可是，在那兵荒马乱的年月里，哪里有立锥之地呢？十年过去后——

他老了，更穷了。/驮着辛酸，驮着悔恨，/又回到了自己的村庄。

孤苦伶仃的他只好麻醉自己——借酒浇愁。

最后的一滴酒喝完了，/小油灯的光亮也闪得倦了，/火盆里的炭火散失了热气，/渐渐地，他的头眩晕起来。//他，现在是醉了，/而外边是下着雪……//映在挂着口痰和鼻涕的灰色的墙上，/他的身影不安地摆动着，/于是，他从柜台边站起来。/用手摸了摸自己破烂的肚兜，/……

一个贫困得一无所有、鼻涕横流的醉汉形象就这样摇晃在我们的面前。

又失落地抽回手来——/他什么也没有，/连一个铜板也没有了。

可酒馆老板也得养家糊口。

酒馆的主人从他面前站起来，/眨闪了几下眼皮，/忽然，他抓住了醉汉的衣襟：/“不行！你不是一回了，/你……不行……再也不能赊了，/我的老婆病得要死……”

原来在那样的年代，生意更不好做，酒馆老板过得也非常艰难。

也许酒馆老板明白，即使再向他要钱也是白搭，何况还是个喝醉了的家伙，不再跟他“一般见识”。

一阵冷风呼叫着从屋外响了过去，/醉汉重新从屋角爬起来，/他用颤抖的手指扒了扒火盆，/“唉，没有热气了。/这样的晚上……天下着雪……”

醉汉不能待在人家酒馆里过夜呀——

醉汉一脚跨出了酒馆的门，/冰冷的雪花向他扑来。

天这么晚了，醉汉向何处去？——

村庄已经睡着了，/没有一点声音，没有火亮，/家家的门都关得紧紧的。//……//他去推一家的门，/门关得很紧。/他用沙哑的声音叫喊，/没有人理会。

到哪里去呢？到哪里去？他带着愧疚甚至悔恨倒在了老婆的坟头，在和老婆絮絮叨叨一阵子后，终于僵硬在这风雪交加的夜里，竟——

整整一个冬天也没有人发现。

在那个哀鸿遍野、饿殍满地的年月里，家家户户连自己都朝不保夕、吃了上顿没下顿，有谁还顾得上去关心这个醉汉的死活呢？

读着这样的诗句，读者心中无不打翻了五味瓶。

《瓜地》（173 页）的诗句比较舒缓，像早晨的空气那样清新，像荷叶上的露珠那样清澈，颇有田园风光。但是，它蕴含的觉醒、反抗的意义却十分明显。

刘老头是外乡人，三十年前有自己的家，有老婆和孩子。由于整整三个秋天土地不结一粒粮食，老婆饿死了，儿子小敏子被饥饿逼得和一群人抢了财主家的仓房，大难不死，跑了，离开了村庄。刘老头受儿子牵连遭到官兵的鞭打，也离开了村庄，至此，至少有二十年和儿子没见过面。在这里，他以种瓜为生，和几个当长工的没爹少娘的孩子交上了朋友，讲述自己和儿子过去的悲惨故事。从此，这几个孩子也和他的儿子一样，走上了反抗的道路。

此诗打动人的有这么几个方面。

（一）结构看似松散，实则环环相扣

此诗共分为六章。第一章一开头就紧扣了主题“瓜地”——

刘老头儿今年又租下二亩地种瓜了，/他的瓜地就在庄西的小河旁边。

“庄西的小河旁边”为第三章几个小孩子在河里洗澡和过河偷瓜作了铺垫，也为刘老头有条件站在河边看小孩子戏水提供了基础。在那靠天吃饭的年代里，在河边耕种，方便取水浇地。

紧接下来的——

在夏天，瓜地里，/甜瓜成熟了，/西瓜长大了。//早晨，有淡薄的雾气。/低矮的高粱秆子搭成的瓜屋周围，/飘荡着新瓜的蜜一样的气味，/飘荡着掺过新鲜麻汁的土壤的气味。

这就为小孩子夜里偷瓜埋下了伏线。

刘老头在这样的天气和环境里干什么呢?

老头子唱着歌，/他的歌是低哑的，/他的歌是唱着/一个落魄的英雄的故事——//“好汉无钱到处难哪……”//唱着，他又停下，/耐心地在瓜根上培上一些新土，/想再唱……却只是叹了口气。

“落魄英雄的故事”、“叹了口气”说明他有心事，到底是啥心事呢？不得而知。

老头子吹熄了他的小灯，/在瓜屋里，他静静地坐着，/耳朵向着低矮的小圆窗……/坐着，坐着，他忽然像是听见——/这土地上有什么奇怪的东西在向前奔跑……

难道有谁来偷瓜？仔细听了好一阵子，不是偷瓜的，原来“那声音不过是高粱叶的晃动，/不过是透过高粱棵那边的小河的流淌”。这下刘老头放心了，不再注意谁偷瓜的事了，却不由自主地想到了自己的过去。原来——

老头儿是逃荒到这里来的外乡户，/三十年前，/他还有着自己的家，/在村庄上，他还是壮年。

但是，荒年来了，整整三年土地不结一粒粮食。老婆饿死了，儿子小敏子为了生活，用埋葬娘的镢头和一大群人抢了财主家的仓房，不料却被官兵扫射，小敏子幸运地从死人堆里爬出来逃走了——离开了村庄，从此不见踪影。刘老头被官兵绑在财主家的柱子上受到了鞭子的抽打。不过，他活过来了，带着对儿子的想念和希望：

“我的孩子，/你要是还在，/你该有六月的高粱一样高了……//我的孩子，/你怎么会死呢，你不会死。/父子俩虽然不见面，/可是都还活在阳间，活在庄稼地上……”

在这个夜里，作者宕开一笔，把镜头忽然转向了另一个场面，这就是第三章。

原来，村庄里有给东家放牛的四个孩子——“这个白天刚挨过东家的棍子，/那个的腿上还有摔破的口子”。他们白天就已经约好了，要偷刘老头的西瓜。刘老头的瓜地在村西的河边，所以，他们脱光身子，凫到对岸去偷瓜。

弓着腰，四个人分成两起，/后面的两个拿着裤子，/他们钻进了瓜地。

虽然他们是偷，但作者在本章最后并没有谴责他们，还说“小河在他们背后唱着歌，/祝福着他们的好运气……”

在第四章里，小孩子们偷瓜成功了。当时刘老头在回忆往事的时候打了一个盹儿，梦见了自己的老婆。老婆让他去给她做伴。刘老头因为还没有见到儿子，还想在阳间过些日子——不怕日子有多艰难。由于是半打盹儿半迷糊的状态，小孩子偷瓜慌里慌张装裤子的声音他还是模模糊糊地听见了。开始他还以为是老婆托人捎信让他去做伴，后来站起来走出瓜屋，才知道真的有人在偷瓜，但他没有追贼……

第二、三、四章和第一章是完全对应的，现在我们再来回顾一下：

因为第一章的瓜香，缺爹少娘的小孩子没钱，自然会想到“偷”。因为第一章刘老头的叹气，自然让人想到他有心事。第二、第四章作了详细说明，他在想念儿子和老婆。因为第一章道出瓜地在村西的小河边，自然会有小孩子凫水偷瓜的事情发生。偷瓜的孩子缺爹少娘，刘老头想起自己的孩子，所以他没有怪罪孩子们的“偷”，反而从内心里可怜他们；所以就有了第二天（第五章）他主动邀请孩子们吃西瓜的事情发生。在吃瓜的时候，他讲起了自己的过去，讲起了他的儿子及他的儿子抢财主家仓房的壮举。因此这些无依无靠的孩子们很自然地就走上了和小敏子一样的道路（第六章）。

由此可见，这是一篇结构看似松散，实则非常完美的诗章。

（二）细节描写非常生动

除了刘老头想念老婆、儿子外，刘老头邀请孩子们吃瓜的段落描写得非常精彩。

过了晌午，/放牛的孩子们赶着牛/从瓜地边走过了。//把牛放到河边的草地上，/孩子们一个个接着跳下小河，/叫着……闹着……/往水底扎着“猛子”……/这个冒上来，那个又钻下去……/突然，不知道是谁扔起了一块黄泥，/一连串的浪花跟着飞起来——/这就开始打起了水仗……

这些朴素而真实的诗句，没有切身体会的人是写不出来的。

老头子从瓜地里走过来，/穿过高粱棵，/他在小河边悄悄地，悄悄地蹲下，/摇着他的蒲扇，/看着眼前的这场水战，/忍不住心里一阵欢喜：/“啊！一群活蹦乱跳的小鱼儿，小鱼儿……”/可是，老头子却又叹了一口气：/“……唉，是些少爹没娘的孩子……孩子……”/说着，他的脸又阴沉起来——/“孩子啊……孩子……”/他不停地咕哝着，/不知不觉，眼窝里湿了，/不知是汗水，还是泪水……

这段描写是很生动细致的。刘老头悄悄地蹲下，说明他怕打搅和影响孩子们的兴致；忍不住一阵欢喜的夸奖，说明了他对孩子的喜爱；叹口气，说明了他对儿子的思念以及对相同命运的孩子的怜悯；眼窝里湿了，说明了他心里有无限的伤感和爱怜。

随后，当刘老头邀请孩子们吃西瓜的时候——

孩子们可谁也不动，/都觉着有点儿稀奇，/这个向那个努了努嘴儿，/那个又向这个挤了挤眼皮儿。

昨天夜里刚刚偷过刘老头的西瓜，今天偏偏又被他邀请，这到底是怎么回事？难道是被发现了吗？不像呀。那种心情，那种神态，只有亲身经历过的人才知道。

西瓜子儿开始像雨点儿一样滚落，滚落……/微微的南风，从凉棚下吹过，吹过……

这又是两句极为细致传神的描写。当孩子们听到老人说“……不要钱……这是我的一点儿心意……”“这是仔仔细细挑着摘下来的，/可比慌里慌张摘下来的好吃得多哩……”的时候，孩子们恍然大悟，才知道老人是真心的。所以，早就垂涎三尺的他们便迫不及待地啃起了西瓜；何况还有“微微的南风，从凉棚下吹过，吹过……”这是一幅多么和谐的田园图画呵。

（三）详略得当的处理方式

作者在处理刘老头回忆三十年前的事情时，描写得形象、生动而具体——

但是，这年头呵，/风向那边吹去，你就不能要它吹向这边，/谁能知道哪一颗星星在夜间落下？/荒年终于来了，/土地不结一粒粮食，/整整三个秋天。//老婆倒下来，再不能起来，/她死了，揣着一个还想再活的希望，/揣着一颗不能再动的心。

……/“爹，还想活吧！”儿子跟着一大群人。/“去吧，小敏子!”他回答。/他的目光送着儿子去抢粮。

财主家的仓房被打开了，/一阵吵闹，一阵疯狂……/但是，官兵来了，枪支排列在门口，/饥饿的人们被打倒在粮食堆上……/小敏子从死人堆里爬出，/他紧紧地咬着嘴唇，/他跑了，离开了可怜的村庄。/……刘老头儿被官兵绑在财主家的柱子上，/他受他儿子的连累，/鞭子抽打着他，/他倒了没有说一句话……

但到了刘老头对孩子们讲述这个往事时，因为读者已经知道了事情的来龙去脉，所以，作者只用几笔带过——

他讲起了那个大荒年，/他的倒下的老婆，/那一个夜里，刮着大风，/他的去抢粮的儿子……没有再回来，/他叫官家绑了去……

《黑鼻子八叔》（192 页）是《乡村的夜》里反抗性最强的一篇。

贾漫指出，“黑鼻子八叔大概就是彭德怀、贺龙、陈赓、许世友、王震一类的人物吧?”（《诗人贺敬之》72 页）不是没有道理的。这些人物就是官逼民反的反抗者的典型。不过，黑鼻子八叔因为没有找到共产党，最后还是被官僚地主阶级砍了头。

这也是发生在高粱棵里的故事。不过，这里的主人公虽然死了，却死得英勇而悲壮，死得令人钦佩。

下面，笔者浅谈一下这首诗的艺术特点。

（一）传奇

八叔的“哥哥”是七块大石头，石头也有了灵性，而这在现实中是不可能的。另外，八叔的故事具有传奇色彩。这是和其他诗作不大一样的地方。

（二）类似抒情性叙述

此诗和《葬》有个共同特点——同样的一句诗连续作引领。《葬》里全部五个段落的每个开头都用“他直到很晚很晚才回来”起句，而《黑鼻子八叔》前面的五个段落的开头都用“黑鼻子八叔站在高粱棵里——”作引领，也是层层递进，让八叔的形象逐渐丰满，从而引出他的英勇事迹。只不过不同的是《葬》是引领到底，而《黑鼻子八叔》则是前五段。用同样的诗句连续作每一段的开头，明显具有抒情意味。

（三）用民谣作开头和结尾

诗作的开头和结尾用了同样的民谣——

……黑鼻子，/挎盒子，/高粱棵里抹脖子……

这样的好处是前后照应。尤其是“高粱棵”这一意象，让人不禁想起了《黄河大合唱》中的“河东河北，高粱熟了，万山丛中，抗日英雄真不少！青纱帐里，游击健儿逞英豪！端起了土枪洋枪，挥动着大刀长矛……”的歌词。“高粱棵”，是英雄故事的发生地；既可用来作掩护抗日打鬼子，也可用来作屏障打土豪劣绅等一切反动派。此诗中间黑鼻子八叔打胜仗后，孩子们唱的时候，也引用了这个民谣，这就更加强化了主题。

（四）善于结合高粱来组织运用语言

此诗的故事发生在高粱棵里。黑鼻子八叔因为放羊丢了一只羊，躲在了高粱棵里，结果被赵大爷派的人抓回去用铁棍打坏了胳膊。离开一年后，他回来偷吃孙七爷的高粱青米，被“看青的”发现，两手把“看青的”“掐死在高粱棵下”。四年后，东山坡上黑鼻子八叔领着一群人，拿着枪，和财主们干起来了，抢了财主的粮食，分给了穷人，还结果了赵大爷的儿子赵明法，取得了胜利。从此，穷人们唱着“……黑鼻子，/挎盒子，/高粱棵里抹脖子……”的歌谣，而赵家大户的人告诫他们的孩子“不要走进高粱棵，/黑鼻子老八在里头擦枪……”黑鼻子八叔也是在高粱棵里和官兵们激战被打中、抓走而割头的。黑鼻子八叔死后，穷人们把他的无头尸体埋在东山坡下，“层层的高粱棵在守护着他……”可以说，“高粱棵”是黑鼻子八叔英勇故事的舞台，从开始，到结束，他一直活跃在“高粱棵”这个舞台上。

另外，作者还善于联系“高粱棵”这个意象作比喻。第一段说黑鼻子八叔的“枪把上挂下一绺红缨，/就好像晒红米的高粱穗子……”。第二段说“高粱叶子哗啦哗啦地响，/就好像黑鼻子八叔的笑声”。第三段说黑鼻子八叔的“眼睛从高粱棵里闪出光芒……”。第四段说“黑鼻子八叔的名声就像刮折高粱的大风”。

（五）在对比中体现出作者的爱憎

以黑鼻子八叔为首的“杆子”在与以赵大爷儿子赵明法为首的“联庄会”对决中取胜了，这在穷人和富人中间，反响是截然不同。

穷人是——

就从这一回，我们就又知道了黑鼻子八叔。/爹知道，娘知道——/悄悄地说着：黑鼻子八叔“真不窝囊”；/小连子也知道——/说那天晚上黑鼻子八叔给了他家五斗麦子；/二转运也知道——/说黑鼻子八叔给了他瞎眼的大娘一石高粱……

我们成群的孩子迎着风高唱：/……黑鼻子，/挎盒子，/高粱棵里抹脖子……

但财主家的人就不是这样了，他们不让孩子走进高粱地，怕“黑鼻子老八”把他们害了。

由于黑鼻子八叔危及了财主们的利益，他们简直是恨之入骨——

……黑鼻子八叔的像却画在官家的榜文上，/告示着：谁捉住他，赏一千块大洋……

最后，黑鼻子八叔的头挂在火车头上，“他的脑袋滴着鲜血，遍洒在五百里的火车道上，/警告给人们——这就是当‘马子’的下场……”

但穷苦的人儿怀念黑鼻子八叔——

我和小连子今天又走进高粱棵里。/在我们面前，在层层的高粱棵的包围里，/堆起了一个土堆——

在夜间，/有人听见东山坡上的七块大石头暗暗地咬牙。/而在东山坡下，躺下了黑鼻子八叔无头的尸身，/层层的高粱棵在守护着他……

不同的阶级，对黑鼻子八叔的感情迥然相异。

《祭灶》、《老虎的接生婆》、《婆婆和童养媳》是类似神话的三篇诗作。诗作中的故事都是贺敬之小时候听大人讲过的，在这里，他按照自己的情感和经历作了合情合理的艺术加工。

《祭灶》中的灶君算是个好官，他没有欺压老百姓，还体谅老百姓；不仅体谅老百姓，还替老百姓代言。但是，在那“天下乌鸦一般黑”的时代里，连最高统治者都黑了心，偶尔出现一个好官，能“为官一任，造福一方”吗？显然不大可能。所以，最后，灶君只得打发王家父子“离开家”——讨饭去了。

《老虎的接生婆》讲述了接生婆是非不清、不分青红皂白地为坏人服务，其结果反而是被坏人害死。

《婆婆和童养媳》批评了婆婆的贪婪和对儿媳的刻薄。

在《乡村的夜》里，**《圣诞节》和《在教堂里》**是涉及天主教的。两篇诗作都写了教堂的零星的微薄的恩赐，最后，孩子该冻死还是冻死，该借米还是去借米。这启迪人们：命运还得靠自己，还得靠共产党这样的先进组织来改变。

二

通过阅读《乡村的夜》，笔者发现有这么几个特点：

一、在文章结构上，多呈“现在（进行时）+（回忆）过去（一般过去时或过去进行时）+现在（进行时）”式

《弟弟的死》开头讲述主人公正在为死去的弟弟挖坟坑，

接着就叙述了弟弟的死因，随后又描写了母亲和主人公埋葬弟弟的情景。

《五婶子的末路》开头就说五婶子前面是流淌不息的大河，后面是将落的太阳，然后就回忆家庭败亡的境况，点明了五婶子抱着孩子投河自尽的原因。这样自然就是“大河里又添了两个水鬼”。

《鸡》一开头就控诉了国民党军的罪恶，然后自然点出老婆子过去的家庭（丈夫死了，儿子跑了，儿媳吊死了，只剩下一个小孙子）；现在连她自己也将要死了，只剩下小孙子孤零零地在这个世上。

《红灯笼》中，青年在风雪之夜回家的途中，回忆了跟叔父逃荒的岁月；幸遇姑母、不听姑母的劝告，迫不及待地回家，却不幸被做强盗的父亲杀死在家门口。

《夏嫂子》、《醉汉》、《瓜地》、《黑鼻子八叔》等都是这样的结构。

二、在描述生活境况上，多有家破人亡的情节

五婶子的“大儿子流浪到远方，/没有一点音讯；/老黄牛叫张大爷拉走了；/女儿病死在炕头上……”（《五婶子的末路》）

老婆子的“丈夫，死了，/儿子，荒乱年月里跑了，/儿媳妇，吊死了，/跟前只剩下一个小孙子”。（《鸡》）

“小全的娘在病着”，小全的爹用小全换了四吊五百钱，准备给小全的娘治病和过年。（《小全的爹在夜里》）

种瓜的刘老头还是壮年时，“老婆倒下来，再不能起来，/她死了，揣着一个还想再活的希望”。独生的儿子“小敏子从死人堆里爬出，/他紧紧地咬着嘴唇，/他跑了，离开了可怜的村庄”。至今三十年了，他们父子再没有见过一次面……（《瓜地》）

《夏嫂子》里，“……丈夫已经死了四五年了”，她自己也被“看青的”强暴了，气疯了，而“庄头上两个小孩从倒塌的小屋里爬出来，/哭着，叫着，/要他们的娘回去……”

《祭灶》里的父子俩盼着灶君能为他们要点儿吃的，没想到玉皇大帝很不耐烦，灶君碰了一鼻子灰，只好“打发他们离开家”——讨饭去。

《醉汉》里，“他终于支撑不住一家的生活。/把自己亲生的孩子送给东家，/在一个夜晚里，/屋梁上吊死了他的老婆，他的亲人。”外出十年后他回来了，最后在一个大风雪的夜晚，冻死在老婆的坟头。

……

一部《乡村的夜》，就是一部旧中国农民的家破人亡史、血泪史、控诉史……

三、在自然景象上，多运用风雪和烈日意象

三伏和三九是最难熬的日子，尤其对于贫困中的人们更是这样。因此，作者选择风雪和烈日来做环境烘托，更能引起读者对诗作中主人公的同情。

“……那是在五月，火热的太阳在天空奔跑”。在这样的天气里，“——我和弟弟，我们两个，/跟在收割人背后，一刻也

不住脚”。(《弟弟的死》)

《夏嫂子》里，“偷”高粱叶子正是中午日头最强烈的时段——“晒死人的六月天，/天上是烧红的太阳。”这是农人们在家休息的时段，“偷”高粱叶子不会被人发现。

相对于烈日，寒冬腊月的风雪，对穷苦农民来说，比烈日更为残酷。因为烈日下还有可能找到草根树皮聊以果腹，而冬天万物萧条，连草根树皮也没有了。所以不管是《红灯笼》、《铁拐李》，还是《醉汉》、《儿子是在落雪天走的》，作者都选择了风雪交加的环境来烘托穷人的困境。

四、在语言运用上，几乎是农民的“原生态”语言

《乡村的夜》由于讲述的都是农民、农村的故事，所以作者的语言都非常农民化、农村化，大量的民谣、民谚、土话的运用起到了很好的效果。

《乡村的夜》最大的语言特色主要有这么两个方面：

一是喜欢运用民歌或俗语、谚语。

如《牛》里的“桃花开，杏花败，李子开花炸咸菜……”“天老爷，地爹爹，下阵小雨我歇歇!”如《祭灶》里的“二十三日去，/初一五更来。”“上天言好事，/下界保平安!”如《黑鼻子八叔》里的“……黑鼻子，/挎盒子，/高粱棵里抹脖子……”

二是喜欢运用口语。

如《祭灶》里的“我先到别家找点东西垫补垫补”的“垫补垫补”；如《黑鼻子八叔》里的“——黑鼻子是‘马

子’，/——黑鼻子是‘大杆子头儿’”，“马子”是“土匪”的土话，“大杆子头儿”是“土匪首领”的土话；还有《鸡》里老婆子骂“老总们”的话——“那些碰炮子儿的，/那些千刀剁的……”等等，既有力表达了情感，又增强了诗句的生动性。

特别需要指出的是，贺敬之用的虽然是农民语言、农村语言，但看不到一句粗俗的句子。由此，我们可以判断出作者思想、品格、修养的高尚。

五、善用心理描写

《乡村的夜》里，心理描写的地方很多、很成功。

比如《小全的爹在夜里》，小全的爹遇见被抛弃的婴儿——

老头子的心里颤抖了：/“这是谁？/这是……不是……我的……小全……？”

这十分形象地表现出了小全的爹对小全的深沉的爱。他——

……抱起了那个小孩：/“谁家生了你，小孩，/把你扔在这里，/……啊，狠心的人！”

“狠心的人”，“狠心的人”——/老头子啊，老头子听见了自己的声音，/他仿佛咒骂了自己！

后来，小全的爹对婴儿说不能带他回家，因为家里还有病老婆，刚卖了自己的孩子，给婴儿留下一吊钱，等等，都深刻表现了他心底仍存的善良人性的光芒。

六、在时段选择上，多选在夜里

《小全的爹在夜里》这首诗中，小全的爹是在夜里遇到了被弃的婴孩。因为抛弃孩子的大人们白天怕被别人看见，往往选择在夜里行动。

《瓜地》里孩子们偷瓜是在夜里，因为看护人一般不容易发现。

《醉汉》里，醉汉是在夜里被冻死的。他喝了几口酒，也没能挡住冬夜的寒冷。

《小兰姑娘》里，“我”和小兰姑娘逃走也是在夜里，因夜里不容易被人发现。

《葬》中的“弟弟”在天黑得很晚很晚的时候才回来，也没进家门，直接向外乡走去。

《红灯笼》的故事发生在风雪交加的夜里。

这里的“夜”，既是指故事发生的时间，更寓意着旧中国就是漆黑的夜，揭示穷人暗无天日的悲惨命运。

七、结构严密

阅读《乡村的夜》，读者能感受到每一篇的结构都十分严密，前后对应。

三

《乡村的夜》，虽然作者基本上是不动声色地叙述，却让读者产生一种咬牙切齿的愤怒。

为什么会有这种效果？

贾漫《诗人贺敬之》62页至64页的几段话也许能让我们体会得更加深刻——

贺敬之的《乡村之夜》，完全走的是赵树理的道路。不是由象牙之塔走向十字街头，不是由高雅化走向大众化，而是觉醒的农民自己诉说自己的悲惨命运。

……

不像旁观者的同情，而是当事者的深切感受。这些诗中的形象不正是他早死的父亲、饿死的弟弟、苦命而多难的四个姑母、茹苦含辛承受一切苦难的母亲以及流落为矿工死于异乡的锁哥等等亲人的写照吗？

诗学就是爱学，就是情学，试看数千年诗词，哪一首名篇至今读来，不是因为爱之深、爱之永、爱之独，以汪洋之水而注干渴之心田？

……

何其芳说，贺敬之这些诗，“五·四”以来很少有人这样写过。也就是说，在诗歌中，很少有人对农民这样爱过，很少有人对农民这样体验与体会过，很少有人这样与乡村的劳苦大众同命运、共呼吸过。也许，当时也还很少有一个诗人的家庭像贺敬之的家庭一样，与亿万农民的家庭同患难，共存亡。

在回答阎延文对政治抒情诗的看法时，贺敬之说：

……我国的优秀的政治抒情诗不是“瞒和骗”，而是“真与诚”。有人说建国前期也像后来“文革”时“四人帮”那一套一样，都是奉命写作，这是不符合事实的。那是一个大解放、大翻身的时代，是中华民族激情迸发、水晶般透明、烈火般火热的时代。大多数人都感到由衷的幸福欢乐，放声歌唱共产党，歌唱社会主义。这是没有半点虚假的人民情感。（《卷4》520 页）

贺敬之从苦难深重的《乡村的夜》，走向“小米饭养活我长大”的延安，走向全国的解放……他经历了凤凰涅槃的过程。吃水不忘挖井人，他“放声歌唱共产党，歌唱社会主义”，是心灵的由衷体现，是激情的自然迸发！

贺敬之说：

文艺就是要真实。我们就是人民海洋中的一滴水，活着并且和他们一起流血流泪。记得创作《白毛女》时，写到杨白劳被逼喝卤水自杀一段，我哭得不能抑止，这样的受苦者就在我们身边，就是我们自己啊。而写到“太阳底下把身翻”一节时，我自己也经历着灵魂的大欢畅。《白毛女》在 1945 年党的七大演出时，我正好在舞台上负责拉幕布。我亲眼看到毛主席在看到救喜儿出山洞时流泪了。许多身经百战的将军和广大观众一起流泪了。（《卷 4》520 页）

其实，在共产主义运动开始之前很久，拿破仑早就说过：人的命运就是政治。我们的人民革命改变了个人的命运，也改变了社会的总体面貌，这样的政治能回避吗？今天的社会主义事业，难道不该用诗歌用艺术来表现吗？……问题只在于，是诗性的表现还是相反，所表现的是进步的或革命的政治内容还

是相反。(《卷4》521 页)

这就是贺敬之对政治抒情诗的看法。

通过阅读《乡村的夜》，就不难理解贺敬之的《放声歌唱》了，就不难理解他讴歌中国共产党和社会主义的真正原因了。

因为，他的心曾经痛得在滴血啊！

别样诗句蕴意深

——浅谈贺敬之政治抒情诗中的词汇交融

阅读贺敬之的政治抒情诗，可以发现这样的情况：诗人让工业词汇入诗时，总爱与自然词汇相交融；让现实词汇入诗时，总爱与历史词汇相交融；让时代词汇入诗时，总爱与人文词汇相交融，从而取得了意想不到的效果。

一、工业与自然交融，具有生态美

诗人在描绘现实的情景时，自觉不自觉地给读者营造了一种工业文明与生态文明的融洽美。

诗人是如何做到这一点的？请看下面的诗句——

汽笛/和牧笛/合奏着，/伴送我/和列车一起/穿过深山、隧洞；/螺旋桨/和白云/环舞着，/伴送我/和飞机一起/飞上高空。(293 页)

我看见/星光/和灯光/联欢在黑夜；/我看见/朝霞/和卷扬机/在装扮着/黎明。(293 页)

这是《放声歌唱》里前后相连的四句诗。按照古体诗对仗的要求，它们两两可以看成对偶句（相对宽泛的对偶）。在诗人的诗句里，有许多这样的对偶诗句，它们在诗人的政治抒情诗中起着不可忽视的作用。

“汽笛”、“螺旋桨”、“灯光”、“卷扬机”，这些工业文明带来的新事物、新词汇，与“牧笛”、“白云”、“星光”、“朝霞”这些自然景物分别手挽手、心连心，构成了一幅幅绝美的动感的生态图画。

诗人在描写祖国的工业发展时，并没有就工业进步写工业进步，而是和自然生态紧密联系在一起。

二、现实与历史交融，具有承续美

贺敬之是延安“小米饭养活我长大”的无产阶级革命战士，是在毛泽东思想哺育下成长起来的共产主义者。这样的诗人是永远不会忘记革命的，是永远不会忘记优良传统的；在新的时代，他时刻想的是如何继承千千万万先烈的遗志，把这种品质和精神传承下去、发扬光大。

请继续看《放声歌唱》——

省港大罢工的/呼号声，/在我们的/鼓风炉里/正呼呼作响，/……/南昌起义的/鲜血，/在我们的/炼钢炉中/正滚滚跳荡！（320 页）

在农业合作社的/麦场上，/正飘扬着/秋收起义的/不朽的红旗！/在基本建设的/工地上，/正闪耀着/延安窑洞的/不灭的灯光！……（320 页）

再看《西去列车的窗口》中的情景——

你可曾听到啊，在车厢里：/仿佛响起井冈山拂晓攻击的

怒吼？（503 页）

你可曾望到啊，灯光下：/好像举起南泥湾披荆斩棘的镢头？（503 页）

三、时代与人文交融，具有内涵美

我们还是来看《放声歌唱》——

……在高压线/飞过的/长城脚下，/在联合收割机/滚动着的/大雁塔旁，/在长江大桥头的/黄鹤楼上，/在宝成铁路边的/古栈道旁……（309 页）

诗中由于有了“长城”、“大雁塔”、“黄鹤楼”、“古栈道”这些人文遗迹的词汇入诗，读者在看到“高压线”、“收割机”、“长江大桥”、“宝成铁路”这些时代的新成就时，无疑会感到多了一层历史的厚重感——我们悠久的文明古国，正在生发新的生机与活力！

注：除专门注明外，文中括弧里的页码均指《贺敬之文集·新诗卷》（《卷 1》）。

术语入诗亦神奇

——浅谈贺敬之政治抒情诗中抽象词语的运用

写诗，有时会遇到专业术语等抽象词汇，特别是政治、科学、哲学等领域的词汇，如果处理不好，将会诗意全无，影响读者心情。

如何让抽象词汇自然妥帖地进入诗里呢？贺敬之为我们做出了榜样。

众所周知，贺敬之是政治抒情诗人。那么，他是怎样做到既服务时代，又避免成为“政治传声筒”的呢？

从他的诗中，可以找出一些可供借鉴的经验。

一、搭“拟人”之桥入诗

写作中，“拟人”的手法，是把事物人格化，让事物具备和人一样的感情、语言、动作。“拟人”可以使文章更加生动、形象和具体，既能反映出某事物的某个特点，又能达到特有的具象效果。

我们看贺敬之的诗句——

而你啊，/“命运”姑娘，/你对我们/曾是那样的残酷无

情，/但是，今天/你突然/目光一转，/就这样热烈地/爱上了我们，/而我们/也爱上了你！(303 页)

而你啊，/“历史”同志，/你曾是/满身伤痕、/泪水、/血迹……/今天，我们使你/这样地骄傲！/我们给你披上了/绣满鲜花、/挂满奖章的/新衣！(304 页)

党，/正挥汗如雨/工作着——/在共和国大厦的/建筑架上！(318 页《放声歌唱》)

诗人称“命运”为姑娘，称“历史”为同志，一下子使抽象的词汇“活”了起来，亲切地站在了我们面前。

“党”是抽象的，甚至比“命运”、“历史”还要抽象，那么，如何使党的光辉形象生动起来呢？诗人不愧为语言的天才、联想的圣手，他没有说党如何如何伟大，而是把党比作一位辛勤劳动的工人，正挥汗如雨地工作在共和国大厦的建筑架上。

“拟人”有三种情况，除了把抽象词汇拟人化外，还有把非生物拟人化，例如青山、波浪、房屋、纸张、车床等。比如：

……在高压线/飞过的/长城脚下，/在联合收割机/滚动着的/大雁塔旁，(《放声歌唱》309 页)

还有把生物拟人化，例如植物和动物的部分种类。比如：

在千万顷/稻田/和麦地里，/早稻/和新麦的/行列，/正千军万马/奔向/粮仓！……(《放声歌唱》318 页)

二、搭“比喻”之桥入诗

文学理论家乔纳森·卜勒这样给比喻下定义，他说：比喻是通过把一种事物看成另一种事物而认识了它。

在诗人贺敬之的抽象词汇入诗的海洋中，有这样令读者倾倒的诗句——

祖国呵——/我们的母亲！/党呵——/母亲的/心！(432 页)

啊！我的共和国啊——/母亲！/党啊——/我们母亲的/心！(441 页)

这是《十年颂歌》里的诗句。这样的比喻是无与伦比的，简直令人拍案叫绝！

人无心脏不能活。一个“心”字，凸显了党在五十六个民族人民心目中特殊的无可替代的地位。事实上，在中国历史上，也只有中国共产党才能代表中国最广大人民的利益，代表中国的进步潮流和趋势。

党的语言/正像春雷一样/唤起：/“百家争鸣”，/正像春风一样/吹开：/“百花齐放”！……(317 页《放声歌唱》)

这又是一个奇妙的比喻诗句。“党的语言”如春雷、似春风，唤起“百家争鸣”，吹开“百家齐放”，这是社会主义民主在文艺界的生动体现。

党中央一举粉碎/“四人帮”反党集团，/无产阶级的巨手，/终于捉住了这窝蛇蝎！(524 页)

“四人帮”反党集团如一窝“蛇蝎”，这样的比喻，多么形象生动。

三、搭“结构”之桥入诗

这里的“结构”，是指主谓宾和定状补的搭配。有三种情况。

一是生动的定语入诗——

我打开/星光灿烂的/《毛泽东选集》，/我登上/“红旗漫卷西风”的/山冈。(313 页)

在这句诗中，按照主谓宾的结构，“《毛泽东选集》”属于抽象的宾语。前面有“星光灿烂”这个生动的定语，就显得熠熠生辉了。

二是形象的补语入诗——

我听见：/我们的大地上/卷起的/入党宣誓的/不息的风暴！(314 页)

我看见：/千万双手/举起的/入党申请书的/海洋！——(314 页)

“不息的风暴”是对“入党宣誓”的动人场景的形容，即补充说明。“海洋”是对“入党申请书”的火热壮阔场面的形容，也是补充说明。由于有了这两个补语，使诗句拥有了一种排山倒海、波澜壮阔的气势。

三是动感的状语入诗——

省港大罢工的/呼号声，/在我们的/鼓风炉里/正呼呼作响，/……/南昌起义的/鲜血，/在我们的/炼钢炉中/正滚滚跳荡！(320 页)

“省港大罢工”、“南昌起义”都属于政治术语一类的抽象词汇，但因为分别有“呼呼作响”和“滚滚跳荡”这样的状语作缀，立马就生动形象起来了，使我们看到了过去的革命精神在今天得到了发扬光大。

四、搭“铺垫”之桥入诗

“啊！我们依照/先烈的榜样，/为实现/共产主义的理想，/让我们/把一切/献给/亲爱的祖国吧！/让我们/把一切/献给/亲爱的党！……”（315 页）

在政治抒情诗里，有时会不可避免地出现较长的或者连续出现好几句口号性的句子，往往容易被理解为“政治传声筒”。就拿这两句诗来说，单独列出来，因它们属于口号或表态性的语言，诗意明显不够。但是，把它们放在《放声歌唱》里一起阅读，就感觉十分和谐。

这恰恰说明了诗人贺敬之艺术处理方式的巧妙与娴熟。他用的是“水到渠成”法。他在前面已用形象的比喻作了铺垫——

我听见：/我们的大地上/卷起的/入党宣誓的/不息的风暴！/我看见：/千万双手/举起的/入党申请书的/海洋！——（314 页）

“入党宣誓的/不息的风暴！”“入党申请书的/海洋！——”极其生动地表现了渴望进步的革命青年对党的热爱和向往。他们入党的目的，当然是把这一切献给亲爱的祖国，献给亲爱的党。

我们再看以下诗句：

歌唱我们/伟大的/壮丽的/新生的/祖国！/歌唱我们/伟大的/光荣的/正确的/党!!（326 页）

这两句诗和前面的诗句性质大致一样。巧妙的是，诗人也是在前面已用了一系列的排比做铺垫，就让这两句也水到渠成了——

啊！假如我有/一百个大脑啊，/我就献给你/一百个；/假如我有/一千双手啊，/我就献给你/一千双；/假如我有/一万张口啊，/我就用/一万张口/齐声歌唱！——（325页）

五、搭“升华”之桥入诗

在《放声歌唱》中，还有这样的句子——

……在中南海，/那一张/朴素的写字台旁，/毛泽东同志/正在起草/党的第八次大会的开幕词；/在国务院，/第二个五年计划的建议书上/正凝结着/并肩的人影/和午夜的灯光。（316页）

这两句，是正常的叙述句子，单独列出来，似乎平淡无奇。但因为后面有十分形象的语言在接力，诗意就立即浓郁起来了——

在科学艺术大厅，/党的语言/正像春雷一样/唤起：/“百家争鸣”，/正像春风一样/吹开：/“百花齐放”！……（317页）

然而，诗人意犹未尽，继续接力——

啊！在千万个/矿井/和织布机旁，/煤炭/和布匹的/洪流，/又在突破/定额的/水位；/在千万顷/稻田/和麦地里，/早稻/和新麦的/行列，/正千军万马/奔向/粮仓！……（317页）

以上，通过对贺敬之术语入诗的实践探讨，可以看到，任何词汇都是可以入诗的。但要用得巧、用得妙，用得有诗意、有情趣、有内涵、有哲理。

注：除专门注明外，文中括弧里的页码均指《贺敬之文集·新诗卷》（《卷1》）。

新古体诗·倡导·成就

与时俱进写风流

——贺敬之新古体诗体式贡献浅探

关于古体诗格律的形式美，诗人贺敬之说过这样一段话：

不仅来自整齐，也可来自参差；不仅来自抑扬相异的交替，也可来自抑扬相同的对峙；不仅来自单式的小回环，也可来自复式的大回环，如此等等。因此，不仅对古体诗，即使是对近体诗来说，也是可以在句、韵、对仗，以及平仄声律等诸方面进一步发现新的规律，以改变并发展原有的格律，而不应永远一成不变的。(《〈贺敬之诗书集〉自序》)

诗人贺敬之关于古体诗格律的形式美的谈话，至少给读者以下几点启示：

第一，古体诗的形式美（也可叫体式美）多种多样，既有整齐美，亦有参差美。这从古代的诗歌创作中完全可以看出。

第二，古体诗的句式美多种多样，不仅来自句内平仄相间、对句平仄相反，也来自平仄相同。同样，大回环小回环等，都可以产生美。

第三，古体诗（包括近体诗）形式美的新的规律，需要我们努力去发现和挖掘。

那么，贺敬之在新古体诗的创作中，就形式方面，在继承的基础上又新发现了汉语言的哪些规律、融合了哪些优长、引进了哪些体式、发展壮大了哪些体式呢？

结合他的诗作，我们可以看到，他对新古体诗在体式发展上有四大贡献。

一、发现了新的规律

从贺敬之的诗句中，汉语言蕴含的新的规律，大概有这么几类。

1. “明谐”式

在贺敬之的新古体诗作里，可看到了大量的“明谐”。最典型的是写于2001年的《记某退休老同志》（674页）：“此公钓鱼非钓誉，但见沽酪不沽名。频呼何罪何曾醉，愤笔书控岂书空？”

一首诗共四句，“钓鱼”与“钓誉”、“沽酪”与“沽名”、“罪”与“醉”、“书控”与“书空”，句句有“谐”，蕴含着深刻的思想和意义。

在《贺敬之文集·新古体诗书卷》（以下简称《新古体诗书卷》）里，含有“明谐”的诗作多达十余首。为什么贺敬之爱用“明谐”呢？这可能和他的个人情操、党性有关。前面的例子就直截了当地表明了一个真正共产党员的高风亮节，丝毫没有明哲保身的模棱两可。

2. “回文”式

回文诗是贺敬之新古体诗的又一大特色。

回文在古代一般属于游戏文字，同时又在对联中经常出现，并且常常属于“完回”，如“客上天然居，居然天上客”之类。贺敬之在创作新古体诗时，就有意借鉴了这种方式。

但贺敬之并没有墨守成规地直接拿来“完回”，而是像在格律上遵循“宽律”一样运用了“宽回”。如“长春有京剧，京剧能长春。”（565 页）（着重号“. ”为笔者所加。本文下同。）

同时，贺敬之还创造了“回词”诗句，例如“居庸岂庸居？老骥洗征尘。”（75 页）“倒转花甲成甲花。”（131 页）这些诗句应该属于更宽的“宽回”吧？

更奇特的是，贺敬之还有两句融合“谐音”和“回词”手法的特殊诗句“四海识潼水，思川喜川丝。”（247 页）

在贺敬之的诗作中，带有回文诗句的大概有 13 首（仅指《新古体诗书卷》）。

3. “字配”式

贺敬之说，古体诗的形式美“也可来自抑扬相同的对峙”。

贺敬之的诗作中，大致可分这几类：

一是“一字双配”，如“此行此生记长阳，山长水长情谊长。”（107 页）“梦耶幻耶今曾见，此山此水九寨沟！”（261 页）

二是“一字续配”，如“山迴水洄少壮回，鹭飞瀑飞壮思飞！”（218 页）

三是“一字隔配”，如“闻鹤未攀仙鹤洞，忆月不记明月峰。”（171 页）“知心缘同心，落红非真红。”（580 页）

四是“同词”相隔，如“神农招访神农架，燕子邀客燕子

垭。”（636 页）

五是南辕北辙（或称之“同字反组”），这样的句式大概有 20 首，如“北望青山南望云，伤心何处写丹心？”（9 页）“暮年不改少年望，依然朝阳岂落阳？”（603 页）“建德新市胜海市，蜃楼人居傲仙居。”（229 页）“我有归魂非迷魂”（227 页），“妙在有范无范间”（182 页），等等。这些例子有些是完全符合律句要求的。

4. “同位”式

在《新古体诗书卷》里，这样的句子大约有 15 首。

例如，“为天申永志，为地吐豪情。”（623 页）“西望华山颂群英，东看崂山又一峰。”（79 页）“三江两湖梦之国，千岛万峰情之巅。”（217 页）“西辞长江岸，东来见‘长安’。”（41 页）

这些诗句，或句首相望，或伸颈吟哦，或甘于殿后，各有千秋。

其中，最典型的是“恰似湖绸新泼画，一如湖笔再梦花。欲览湖州新长卷，再登飞英塔上塔。”（591 页）一个字在不同诗句的同一位置上，由于各自都组成了新词组，所以不仅不显重复，反觉情趣大增。

5. “复用”式

2013 年，贺敬之为笔者单位的法治文化活动寄来一幅诗书：“国以法治非人治，立法执法却由人。民心民望民之子，当有法治锦绣文。”像这种一字一词在一首诗里反复出现的情况，笔者称之为“复用”。

《唐诗选》（人民文学出版社 1979 年版）中这类诗不算少，不过，这类诗在单个人的诗作里，好像没有形成波澜壮阔之势；只有到了贺敬之的手里，星星之火才成了燎原之势。

著名的诗句如“诗心未负江山债，诗人非属江郎才。历难更开新诗境，黄河九曲诗汛来！”（15 页）“山山金无尽，人人心胜金。心赤真招远，万里招我心。”（183 页），等等，可以说不胜枚举。

从贺敬之的创作中，可以得到这样的启示：只要去探索、去实践，汉语言字、词、句的特点还会发现更多。

二、融合了词曲优长

贺敬之在《贺敬之诗书二集》自序中，关于长短句有这么一段话：

前一本所有各篇都是采用整齐的五、七言（个别有四言）句式，按传统说法是归于“诗”的体裁范围。而这一本却有几篇是采用长短句，即按传统说法应属于“词”或“曲”的一类。其中如《咏南湖船》、《怀海涅》两首篇幅较长，接近古之所谓“长调”。不过，不论篇幅大小，都不是“填词”即按古词牌或曲牌的格式填写，而是仿效古人“自度曲（词）”和今人“自由曲（词）”的写法，即自由地变换字数、灵活地运用长短句式，同时也不受篇幅长短的限制。对于这样做，诗友们认为按照传统诗、词、曲的分类，已不宜于再叫它“新古体诗”而应称之为“新古体词（曲）”了。但照我个人想来，这二者都是我不成熟的尝试，实在当不起赋予什么正式“称号”的。我之所以想这样写，主要还是内容的需要。由于感到词、曲这一形式，除去它的自由度较大外，还在于它易于造成某种特殊的语感、节奏、气氛和情势，有利于表现具有某种特殊意味的某些特定的内容。而从艺术本质上说，这二者都应属于诗的一类。

《新古体诗书卷》中，占绝对优势的是整齐的七言诗，然后是五言诗，还有少量的古风体，如：五言长体《志贺岛抒怀》、《游石林》、《游七星岩、月牙楼述怀》、《访平顶山》、《访平武》，七言长体《咏长岛》、《游小三峡》、《登绵阳富乐山》、《歌汝瓷新生》，长短句即杂言《富春江散歌·二四》、《富春江散歌·二五》、《怀海涅》、《歌汝州温泉》、《漳州南山寺》、《“九八抗洪”看文苑》，还有楼梯体《题赠陕西省博物馆》、《咏南湖船》。

按照贺敬之关于长短句的说法，《怀海涅》、《歌汝州温泉》、《漳州南山寺》、《“九八抗洪”看文苑》、《题赠陕西省博物馆》、《咏南湖船》应属于此类。

我们来看《怀海涅》：

滔滔莱茵水，
茫茫昆仑雪。
举目八万里风云，
回首二百年岁月。
“地上天国”愿，
人类解放业——
不尽征程

号角声声接。

青史展新卷，
诗史揭新页。
《织工曲》，《国际歌》：
遥相应，步未歇。
革命情怀战士心，
为缪斯，树新则。
——卓卓早行人，
浩浩后来者。

今何夕？
怀先哲。
诗人诞，
恰逢节。
望红旗落处忆举时，
往事又重阅。
此情此心
能不问海燕、
思海涅！？

谁叹人迹绝
路难测？

观潮起潮落，
数星明星灭，
正道沧桑固曲折。
信有相逢处，
江山不负约。

曾闻狂言“终结”，
咒语“告别”——
堪笑一丘愚劣。
扶天倾，
补地裂。
导洪流，
警覆辙——
自有人心、诗心坚胜铁！
唤莱茵春水，
踏昆仑融雪，
且看新队列。

当此时，
云尚遮。
余也何幸，
与诸君同诵先辈华章，
再学赋新阕。

推窗催晓日，

共此不眠夜。（616 页）

按照惯例来诵读这些诗句，从语感、节奏上来讲，许多诗句基本上属于词曲的范畴。诵读这些长短句，觉得非常和谐统一。用贺敬之的话来说吧——“我之所以这样写，主要还是内容的需要。”

贺敬之关于长短句的实践和理论给读者这样的启示：形式始终要服从内容。

三、引进了楼梯形式

在新诗创作中，贺敬之由于成功借鉴运用“楼梯体”创作出了影响几代人的堪称中国政治抒情诗高峰的《放声歌唱》、《雷锋之歌》等一系列佳作，而被誉为“中国的马雅可夫斯基”。

在古体诗的创作中，他同样成功地引进了“楼梯体”。《新古体诗书卷》里虽然仅仅两首，但一出手就彰显非凡。有兴趣的读者可查看《新古体诗书卷》557 页的《题赠陕西省博物馆》。

现在我们来诵读《咏南湖船》：

极目长河，

　　惊骤洄巨折！

逆风狂，

　　浊浪恶，

　　　　百舸几沉没？

念神州，

　　心千结——

此船应无恙：
　　勿迷航，
　　　　莫偏斜；
当闻警排险，
　　岂容自损身，
　　　　暗沉不觉？
驾驶者
　　曾是阶级先锋、
　　　　民族脊梁、
　　　　　　时代英杰。
未负
　　红色盘古
　　　　创世大任，
久葆
　　东方“安泰”
　　　　“地子”本色。
看南湖，
　　望北国——
忆七月烟雨，
　　思六月风波。
两番长征，
　　重重险关重重越。
七十载过——

数不尽
累累先烈骨、
滚滚同志血。
征程历历昭来者——
真伪明，
成败决，
须察
千态万状，
当经
史检民择。
而今寰宇更待——
再拨疑云迷雾，
净淘断戈败叶。
信无疑，
步无懈；
信河清有日，
归燕终报捷。
无须问我——
鬓侵雪、
岁几何？
料相知——
不计余年
此心如昨。

今来几度逢队日，
　　此情俱与少年说。
紧挽臂，
　　登船同看：
　　　　电光闪处当年舵；
烟雨楼上——
　　听万里涛声
　　　　共唱
　　　　　　心船歌。（584 页）

此诗就体式上来说，和《怀海涅》一样带有词曲性质，但又属于纯粹的楼梯体。

关于“楼梯式”，和长短句一样，贺敬之早在二十世纪五十年代就已经运用到了古体诗的创作中，那就是他的《中流砥柱》。

同样为“楼梯式”，贺敬之的新古体诗与他的新诗，在诵读效果上是有区别的。如果说新诗在昂扬中有悠扬的感觉，那么，新古体诗则在昂扬中显得更加铿锵了。

目前看来，虽然贺敬之的“楼梯式”新古体诗仅有三首，但他一出手就出精品的实践，无疑给了读者新的启示——“楼梯式”，不仅可以用于新诗创作，同样可以用于古体诗创作；不仅能在新诗领域中取得辉煌成就，同样也能在新古体诗的地盘上赢得敬重。

四、壮大了七言古绝

《新古体诗书卷》中，贺敬之创作的绝句共 327 首（不含四句七言诗中有三言的两首)。其中，五言 110 首，七言 217 首。

按照王力关于“五言古绝比较常见，七言古绝比较少见”的经验说法，贺敬之不仅继承了五言古绝的传统，更是突破惯例，大力发展了七言古绝这一诗体。

贺敬之虽然称自己的古体诗为“新古体诗”，但实际上，这些诗里有不少是律绝或接近律绝的。这也印证了王力在《诗词格律》中说的“律诗产生以后，诗人们即使写古体诗，也不可能完全不受律诗的影响”。

贺敬之在古绝这一体式上，是继承前人又突破常规的，最主要的表现就是——发展壮大了押平声韵的七言古绝这一体式。

贺敬之押平声韵的七言古绝有哪些特点呢?

一个显著的特点就是：爱用律句，兼顾平仄。例如，“但寻新景问新路，先访今人后古人。”（9 页）符合七言近体诗“平平仄仄平平仄，仄仄平平仄仄平”的要求。而“北望青山南望云，伤心何处写丹心?零丁洋上翻新浪，破晓红旗扫旧痕!”（9 页）就是一首地地道道的律绝。

在《新古体诗书卷》中，这样的例子很多。这源于贺敬之近体诗的深厚学养，说明他在抛弃格律诗桎梏的同时又学习借鉴其优长。可以说，贺敬之的新古体诗之所以用律联和平仄的对仗，“也只是修辞上的需要，而不是格律上的要求”。(王力语)

以上，从四个方面探讨了贺敬之对于新古体诗体式的贡献。汉字精妙绝伦，汉语言博大精深，其规律特点要代代诗人作家不断地去探索、发现和总结。

作为运用汉语言的圣手贺敬之，他的理论和实践，无疑给了我们众多的启示和思考。

注：文中括弧里的页码均指《贺敬之文集·新古体诗书卷》(《卷2》)。

妙在有范无范间

——贺敬之四句八句新古体诗规律特点浅探

阅读《贺敬之文集·新古体诗书卷》（以下简称《新古体诗书卷》，即《卷2》），可以看到，诗人贺敬之在新古体诗创作中已为后人做出了榜样。

《新古体诗书卷》共收录贺敬之新古体诗259题（以小题目为计）375首，其中，四句、八句的整齐的新古体诗358首，约占95%。

在这些四句、八句整齐的新古体诗中，主要体现了以下特点：

一、继承押韵传统

押韵，是我国古诗最主要的特征和最根本的传统。由于汉字声调规律特点之缘故，我国古诗形成了以押平声韵为绝对主流的创作传统。

贺敬之的新古体诗，是继承这一传统的。

在贺敬之的358首诗里，押平声韵的大概在85%以上。不论早期的《南国春早》，还是“文化大革命”后的《饮兰陵酒》、《赠诗友》；不论是二十世纪八十年代的《访烟台》、《荆州行》、《故乡行》，还是九十年代的《富春江散歌》的大部分，都是押平声韵的杰作。

这里需要指出的，贺敬之不少平声韵的诗，非首句的出句中尾字也有平声的。例如《相见欢》："松绿千田盛（shèng），争道梅先生（shēng）。周公惜人才（cái），桃李又秀荣（róng）。"（23 页）

为什么要押韵？王力说："押韵的目的是为了声韵的谐和。"（中华书局 2004 年版《诗词格律》3 页）

二、打破格律桎梏

为什么会出现"新古体诗"？贺敬之在谈自己创作新古体诗的体会时这样说：

旧体诗固然有文字过雅、格律过严，致使形式束缚内容的一面；但如果不过分拘泥于旧律而略有放宽的话，它对表现新的生活内容还是有一定适应性的。不仅如此，对某些特定题材或某些特定的写作条件来说，还有其优越性的一面。前者例如，从现实生活中引发历史感和民族感的某些人、事、景、物之类；后者例如，在某些场合，特别需要发挥形式的反作用，即选用合适的较固定的体式，以便较易地凝聚诗情并较快地出句成章。（《〈贺敬之诗书集〉自序》）

在这里，贺敬之指出了旧体诗的弊端——"文字过雅、格律过严，致使形式束缚内容"，并提出了解决办法——"不过分拘泥于旧律而略有放宽"。同时，他还指出了古体诗写作兴起的原因——“它对表现新的生活内容还是有一定适应性的。不仅如此，对某些特定题材或某些特定的写作条件来说，还有其优越性的一面。”

试读贺敬之的《咏黄果树大瀑布》：

为天申永志（zhì），为地吐豪情。我观黄果瀑（pù），浩荡共心声。怒水千丈下（xià），破险万里征。谁悲失前路（lù），长流终向东。（623 页）

这首诗的实际平仄关系是：仄平平仄仄，仄仄仄平平。仄平平仄仄，仄仄仄平平。仄仄平仄仄，仄仄仄仄平。平平平平仄，平平平仄平。它充分借鉴了格律诗的优长：用了两个律句，张扬了艺术魅力；尾字用平声韵且做到了出（尾字）、对（尾字）的仄、平完全交替；首联和颔联完全符合格律的平仄关系。这样的例子在他的新古体诗作中很多。

可见，在继承上，四句、八句整齐的新古体诗“妙在有范无范间”，就是打破格律框框又发扬格律诗优长的古诗。

三、使用中华新韵

当今我国诗界，创作着实呈现出百花齐放的好局面，写诗是双轨并行，即：在新旧上，由二十世纪的新盛古萎，到如今的古、新开始并驾；在古体诗上，由格律体占绝对优势到如今的新古体（或称“解放体”）与格律体并驾齐驱；在格律诗用韵上，由以前的旧盛新微到如今的新韵（现代汉语标准音）与旧韵（平水韵等旧韵）兼顾。诗歌创作（包括体式）的丰富多彩、包罗万象，与它反映的丰富多彩、包罗万象的生活是非常吻合的。

贺敬之的新古体诗，除了借鉴旧体诗的形式外，其他一切都是新的，尤其是内容新，是为时代服务的；用韵新，用中华新韵（现代汉语标准音）。

为什么要用新韵?

现代人读古诗的时候，常常觉得它们的韵并不十分谐和。王力说："这是因为时代不同的缘故。语言发展了，语音起了变化，我们拿现代的语音去读它们，自然不能完全适合了。"（《诗词格律》3 页）王力先以唐杜牧的《山行》为例："远上寒山石径斜，白云深处有人家。停车坐爱枫林晚，霜叶红于二月花。"诗中，今人读"斜"为"xié"，但唐代读"xiá"。这首诗当时是谐和的，但现在读着却不谐和了。随后又以唐李益的《江南曲》为例："嫁得瞿塘贾，朝朝误妾期。早知潮有信，嫁与弄潮儿。"这首诗里，按唐音，"儿"和"期"是押韵的，"儿"当时读"ní"，但现在读"ér"。

可见，用中华新韵实在是与时俱进的需要。

四、善于创新发展

从诗歌发展实践来看，一种新诗体的出现，往往是在旧诗体的基础之上，既继承又创新，既联系又斗争，需要另辟蹊径，注入新元素。

贺敬之是创新的圣手，在新诗创作上是这样，在古体诗创作上也是这样。在四句、八句整齐的新古体诗创作中，他有"四个光大创新，一个极中求极"，具体如下：

1. 光大并创新谐音运用

贺敬之在运用谐音的时候，除了“暗谐”，还创新使用“明谐”，即谐音的两个对象，一同在诗句中出现。如“春山恒美贵横眉”（221 页），“解枷非解甲，归田岂归天？”（167 页）为谐音增添了新家族。

2. 光大并创新回文运用

贺敬之在创作中抛弃回文的“游戏”成分，又不拘泥于“客上天然居，居然天上客”这样的“完回”，而是灵活借鉴其优长，创作了大量意蕴悠长的回文诗句，如“我思河山旧图画，我念山河新画图。”（233 页）“天地若怀怀天地，江山如画画江山。”（653 页）同时，他还发明了“回词”，如“居庸岂庸居？”（75 页）“神峰仙岭抱天水，异雾奇霞遮水天。”（133 页）为回文诗增添了新内容。

3. 光大并创新运用字词同位

“字词同位”，指一个字或一个词在不同的句子当中同一位置出现，作呼应状。在《唐诗选》里，像“莫道谗言如浪深，莫言迁客似沙沉”（刘禹锡《浪淘沙》）的例子是极少的，但在贺敬之的诗作里就非常常见。例如，“诗心未负江山债，诗人非属江郎才。”（15 页）“三江两湖梦之国，千岛万峰情之巅。”（217 页）最突出的就是“恰似湖绸新泼画，一如湖笔再梦花。欲览湖州新长卷，再登飞英塔上塔。”（591 页）本来是星星之火，让贺敬之这双圣手给“燎原”了。

4. 光大并创新运用字词复用

“字词复用”，是指一个字或一个词在一首诗中反复出现。

这在贺敬之的诗作里大量出现，典型例子也很多，如“黄山尽美恐非真，山川各异似才人。崂山逊君云如海，君无崂山海上云。”（78 页）等。这种手法《唐诗选》中也有，如崔颢《黄鹤楼》、李白《静夜思》、杜甫《客从》、元稹《行宫》、李商隐《夜雨寄北》等，但对于整个《唐诗选》来说，数量较少，贺敬之光大了这个传统。

5. 善于极限求极出新意

这主要体现在三个方面：

一是挑战自己。贺敬之早在 1959 年就写出了著名的《桂林山水歌》，后来又多次到桂林。那么，在这种情况下，如何走出前面“泰山”的笼罩呢？那就是：运用另外的形式，描写另外的对象，赋予另外的内涵，即另辟蹊径。如“东郎西郎江边望，大姑小姑秋波长”（173 页），多么令人遐思啊！

二是挑战前人。苏轼说“欲把西湖比西子，淡妆浓抹总相宜。”他偏要说“西湖波摇连梦寐，千里秀美复壮美。”（218 页）而在岳阳楼，他不惧古人众多名诗佳句，偏偏来个“浩浩洞庭催来者，岳阳楼上待新辞”（146 页），意蕴深远。

三是尖上立尖。我们已约定俗成于“死而后已”和“斯人已去”的诗境，但贺敬之却说谷子专家李东辉“死而不已，斯人未去。”（582 页）我们已经习惯花儿的比喻，但贺敬之在“中印友谊花”的基础上写下“西孟（指西孟加拉共产党）花中蕊”（579 页），这无疑是尖上立尖、极中寻极。

还有，读贺敬之的新古体诗时，可以看到一个有趣的现象。也许是故意和格律体（近体）较劲，用实践证明古体诗并非只有按照格律（指严遵平仄）才美，贺敬之爱用“大姑小姑”、“山长水长”、“梦耶幻耶”这一类的词组入诗，这样的同音同字，自然无须遵照“二四六分明”了，但同样创造出了一种悠扬的美感。

从贺敬之的创新中，可以得到这样的启示：创新就是在借鉴继承的基础上开辟新境界。

五、一切立足实际

任何事物都不是绝对的，这就要求我们一切从实际出发。对于新古体诗创作来说，不管任何时候，形式必须始终服从内容的需要。

贺敬之正是这样做的。

1. “韵”随情变

我国古诗以押平声韵为主导，也有一部分押仄声韵的。如柳宗元的“千山鸟飞绝，万径人踪灭。孤舟蓑笠翁，独钓寒江雪。”并且《唐诗选》中这种例子还不少。

在贺敬之的新古体里，也有不少仄声韵诗，如“美景缘自火山发（fā），祸福异变堪惊讶（yà）。自然原本无神女（nǚ），人世却需‘日吉娜（nà）’。”（135 页）“七十二峰朝天柱（zhù），曾闻一峰独说不（bù）。我登武当看倔峰（fēng），背身昂首云横处（chù）。”（635 页）

2. “言”随心变

贺敬之的新古体诗里，以七言诗主打、五言诗次之，兼有杂言诗少量，另外还有两首四言诗：“漓江醉我，对景当歌。水思分湘，山忆伏波。江山再画，巨笔重握。往矣昔人，壮哉来者!”（174 页）“名辉红旗，谷秀大地。耿耿公心，浩浩正气。死而不已，斯人未去。红色良种，江山有继。”（582 页）

3. “顿”随物变

五言、七言古诗的节奏一般有两种，五言如“僧敲｜月下｜门”和“白水｜绕｜东城”，七言如“无边｜落木｜萧萧｜下”和“青山｜隐隐｜水｜迢迢”。

在读《新古体诗书卷》时，可以看到唯一一个停顿特殊的诗句：“重稀土｜无价，麦饭石｜有情。”（125 页）这不能按照一般节奏来读。如按约定俗成节奏读成“重稀｜土｜无价，麦饭｜石｜有情”或是“重稀｜土无｜价，麦饭｜石有｜情”，就不伦不类了。

六、结束语

贺敬之就新古体诗曾说过这样一段话：

所谓“合适的较固定的体式”，对我来说，就是这个集子里用的这种或长或短、或五言或七言的近于古体歌行的体式，而不是近体的律诗或绝句。这样，自然无须严格遵守近体诗关于字、句、韵、对仗，特别是平仄声律的某些规定，这是不言自明的。但由于人们往往不区分古体与近体，特别是对四句或八句的古体和近体不加区分，一概按近体的律诗或绝句的格律来要求。为此，我曾几次借集内某诗发表之机说明是“不拘旧律”，甚至还说过我是“诗无律”（见《故乡行》小序）。其实这原可不必，并且这样说也是不够准确的。因为，这些诗不仅都是节拍（字）整齐，严格押韵（用现代汉语标准语音），同时还有部分律句、律联。就平仄声律要求来说，绝大多数对句的韵脚都押平声韵（不避“三平”），除首句以外的出句尾字大都是仄声（不避“上尾”）。因此，至少和古代的古体诗一样，不能说它是“无律”即无任何格律，只不过是不同于近体诗的严律而属于宽律罢了。(《〈贺敬之诗书集〉自序》)

这是贺敬之就新古体诗的整体创作而言的。

由此，我们可以看出新古体诗的大概特征：一是遵守押韵传统，二是运用中华新韵，三是倡导古风体式（含长短句和创新的楼梯式)，四是破除格律桎梏，五是发挥律联优长，六是发现新的规律。

单就四句、八句而言，新古体诗其实就是一种写时代内容、为时代服务，继押韵传统、用中华新韵，破格律束缚、扬格律优长，善推陈出新、又立足实际的“新式”古体诗。

注：除专门注明外，文中括弧里的页码均指《贺敬之文集·新古体诗书卷》(《卷2》)。

诗中茅台万里香

——贺敬之新古体诗名句警句赏析

贺敬之是一位与时俱进的诗人，他的新古体诗已形成了自己独特的风格，并且名句、警句迭出，给人以启迪和思索。

下面，我们就来赏析贺敬之新古体诗中的名句警句。

革命情怀战士心

贺敬之是革命诗人。这不仅源于他很早就参加了革命，受到了革命教育，并且参加了解放青沧的战斗，由于作战英勇，还立功受奖；这不仅在于他在“一帆风顺”的时候不改战士之心，更在于他受到多次冲击甚至迫害时仍保持“不改向”的革命信念。

“文化大革命”结束后，当许多作品还在表现“伤痕”的时候，诗人贺敬之却迸发出了战斗的激情。他曾在1978年召开的话剧《于无声处》座谈会上指出：“我们需要战斗的文艺，革命文艺工作者要起战士的作用。对创伤和痛苦的倾诉是需要的，可以唤起人们的思考，激发战斗的要求。但不能仅止于此。提出问题，还要回答问题。我们的文学要表现战斗的力量，胜利的信心。”（《卷3》206 页）

正是由于这种“革命情怀战士心”，他的新古体诗虽然也表现了忧虑和痛苦，却丝毫没有情绪消沉、怨天尤人的迹象；有的是“列阵群峰激壮心”（106 页）、“还向红旗写壮怀”（85 页）、“鹭飞瀑飞壮思飞”（218 页）、“百折再看高潮来”（234 页）的战斗豪情。

诗心未负江山债，诗人非属江郎才。历难更开新诗境，黄河九曲诗汛来！（15 页《赠诗友》1976）

赏析：“四人帮”倒行逆施，让原本百花齐放的文苑百花凋零了，只剩下了八个样板戏。“文化大革命”结束，让压抑、沉默已久的诗人贺敬之预感到：“诗汛”就像钱塘江潮，很快会澎湃而至，文苑重将枝繁叶茂了。他怀着“漫卷诗书喜欲狂”的心情，饮着兰陵美酒，“慷慨赋新章”——写出了《中国的十月》、《“八一”之歌》这些充满革命激情的长篇诗作。

诗人曾这样回忆写《中国的十月》时的情景：“几天后，我一反多年来‘细工出慢活’的创作习惯，用激动得一时不知所措的诗句，写出了长诗《中国的十月》。这是我被迫沉默十年之后的第一次重新‘放声歌唱’，就像诗里写的一样，我的心情沉浸在‘不是国庆的国庆啊，不是过节的过节’之中”（《卷6》352 页）。诗人是这样的心情，自然希望经历同样曲折的诗友们同样具有这样的心情，勉励诗友们重新拿起生花妙笔“抒壮怀”。果如所料，百折后的文苑很快迎来创作高潮。

不问挂甲树，但听征马鸣。指南车又发，心逐万里程！（59 页《谒黄陵》1982）

赏析：此时的诗人已接近花甲（58 周岁），按中国人的观念，将进老年。但诗人不想“挂甲”休息，想听的只是萧萧“征马鸣”，想做的是在改革开放这个“指南车”的指引下，“心逐万里程”。是啊，那本应是创作盛期的“十年”，诗人却被迫封笔！人生能有几个“十年”？现在，整个国家、整个文坛又驶向了正常轨道，他怎么能不“倒转花甲成甲花”呢？当然，此时的诗人是集多重身份于一身，他的“心逐”是指为党、为社会主义、为国家、为人民、为时代多做一些工作、多做一些贡献（包括写诗），他的“万里程”是指社会主义祖国的光辉万里前程。诗里的“挂甲树”是黄陵轩辕庙内一棵“树身满布战甲状斑痕”的古柏，“相传汉武帝西征归后曾挂甲于此”（60 页）。诗人巧妙地利用这个典故来表达自己乐观奋进的精神状态。

关山花如云，海天壮客心。居庸岂庸居？老骥洗征尘。（74 页《应题居庸关路居处》1985）

赏析：此处指青岛八大关。八大关始建于二十世纪三十年代，因其主要大路以我国八大著名关隘命名，故称（作者当时居住在居庸关路）。该地背山面海，树木茂密，最能体现青岛“红瓦绿树、碧海蓝天”的特点。由此可见，头两句乃实写。面对花如云的关山和波澜起伏、云蒸霞蔚、气象万千的海天，诗人豪情再起。“居庸岂庸居?”是的，“庸居”不是革命战士的性格和本色，老当益壮、老骥伏枥、老树著花才是要义。此诗因地名“居庸关路”的“居庸”而生感慨，发出“岂庸居”的雄心；同时，巧妙利用词句倒转式的回文互换，表达了生命不止、奋斗不已的革命情怀。真正的革命者，不管在何时、何地、何种情况下，都会保持革命的激情，保持奋进的状态。

但倚赤甲呼征鼓，岂对白帝输病身？夔门又雨何足畏，滟滪千堆过来人！（106页《登白帝城答友人问候》1985）

赏析：在白帝城下的瞿塘峡口，有一庞然巨石兀立江心，这就是古来船工望而生畏的滟滪堆。滟滪堆，俗称燕窝石，古代又名犹豫石。船工中流传着这样一首民谣：“滟滪大如象，瞿塘不可上。滟滪大如牛，瞿塘不可留。滟滪大如马，瞿塘不可下。滟滪大如袱，瞿塘不可触。滟滪大如龟，瞿塘不可窥。滟滪大如鳖，瞿塘行舟绝。”可见它的惊险。因此，“滟滪千堆”在此诗里具有特别的含义，是指革命过程中历经的磨难。一千多年前，在动荡中漂泊到白帝城的杜甫写下了“古今七律第一”的旷世杰作《登高》：“……万里悲秋常作客，百年多病独登台……”但时代不一样，经历不一样，心境自然也不一样。对于诗人来说，接受的是共产主义教育，秉持的是共产主义理想信念，拥有的是革命乐观主义精神，又是经历过“滟滪千堆”的“老运动员”，经受过历次运动冲击特别是“四人帮”的迫害，所以，来自各方波谲云诡的明枪暗箭，他都能够坦然面对，既不会像杜甫那样“输病身”，更不畏“夔门又雨”。

长白晚霞变早霞，倒转花甲成甲花。青春少年邀我舞，征程跟步又出发。（131 页《东盛乡老人节联欢》1986）

赏析：诗人的新古体诗，善于利用一字多词、词汇倒转、回文互动等来抒情表意。诗中的“早霞”、“晚霞”属于一字多词，“花甲”、“甲花”则属于词汇倒转或回文，这样的句子有回环往复之美。诗人运用这种技巧，抒发了革命战士童心未泯、赤心不衰、宝刀不老的乐观主义精神——更何况又是和朝气蓬勃的年轻人在一起呢。

树中刑天岳桦林，烈风酷寒百战身。高山冻原虽已下，仍需摄此示儿孙。（136 页《长白山天池短歌·六》1986）

赏析：据《山海经》载：“形天（‘形’古同‘刑’）与帝至此争神，帝断其首，葬之常羊之山。乃以乳为目，以脐为口，操干戚以舞。”意思是：刑天和天帝（有的说是黄帝）在争夺神位，天帝砍断了他的头，并把他葬在常羊之山。刑天竟然用两乳为目，用肚脐做口，操持干戚来舞动。可见，刑天具有怎样不屈的斗志。陶渊明曾用“刑天舞干戚，猛志固常在”来赞扬刑天的战斗精神。而在极其恶劣的自然条件下生存的岳桦林，就像树中的刑天，永远不畏烈风酷寒。

回想起以毛泽东、朱德、周恩来等为代表的革命前辈，经历了血雨腥风的洗礼，领导和团结人民推倒了“三座大山”，建立了中华人民共和国，他们可谓是“百战之身”，令人景仰。目前，虽然我们已处和平时期，但天下果真太平了吗？——虎狼之国仍在，虎狼之人仍存，虎狼之心仍有。我们不能不保持清醒和警惕，学习树中刑天岳桦林的精神，清醒、沉着、顽强地应对频频袭来的“烈风酷寒”，并以此教育后辈。

写我百年两腾飞

源于对闭关锁国教训的深刻思考，贺敬之对改革开放非常支持。1980 年 12 月，在革命题材文学创作座谈会上，他指出：“近代史上，我们这个民族有两次大的腾飞。第一次腾飞是以马克思主义武装起来的中国共产党所领导的革命战争，赶走了日本侵略者，推倒了“三座大山”，建设新中国；第二次腾飞是向四个现代化进军，建设一个社会主义现代化强国。”（《卷3》287 页）特别是在考察访问中，各地建设的迅猛发展，让他感觉到“五载创业惊大步，十年飞鸟信凌云”（92 页《咏长岛》），更坚定了他对改革开放这一国策的认同。但由于处于风口浪尖，特别是活跃的思想文化界，所以他思考的问题要比别人更多，见解也更为深刻，对出现的不良苗头预见得更准。

开怀尽纳五洋水，炯目长龙善澄污。（73 页《访黄岛开发区》1985）

赏析：诗人在回答读者对这两句诗的提问时说："澄污"就是"清污"，实质上是指反对资产阶级自由化。事实证明：在"开怀尽纳五洋水"的同时，如果不"善澄污"，后果是可怕的。党的十八大报告指出："精神懈怠危险、能力不足危险、脱离群众危险、消极腐败危险更加尖锐地摆在全党面前"。由此可见诗人的远见卓识。

知有黄金足招远，亦需文章胜蓬莱。（84 页《咏烟台·二》1985）

赏析：诗仙李白有"蓬莱文章建安骨"的名句。蓬莱是传说中的仙山，多藏宝典秘录。东汉时人们称国家藏书处为蓬莱山，"蓬莱文章"是指汉代的文章。"建安骨"是指东汉建安年间曹操父子和"建安七子"所写诗文内容充实、语言质朴、风格刚健，被称为"建安风骨"。李白很推崇大气磅礴的汉代文章和"骨坚肉实"的建安诗文。

山东省招远市出产黄金。在这里"黄金"是指物质文明，"文章"、"蓬莱"是指精神文明。社会主义的本质要求是解放生产力、发展生产力，为社会、为人民生产出丰富的物质产品；同时，亦应抓好精神文明建设，生产出更多的超越古代精神文明的产品。此诗告诉人们：一个部门、一个地方，如果有较好的物质条件，更有良好的党风、政风、行风、民风构成的精神文明，自然就会引来外地投资的金凤凰。

情蘸南海如泼墨，写我百年两腾飞！（113 页《访桂山岛》1986）

访此更解春风意，心花宜地处处栽。（114 页《访珠海市留赠》1986）

赏析：二十世纪八十年代上半期，诗人先后访问了青岛、烟台、即墨、荆州、南粤等地。各地的快速发展让他情不自禁地豪情万丈，如天女散花般洒下了神来之句：情蘸南海如泼墨，写我百年两腾飞！喜悦的诗人更理解了改革开放的“春风”给国家、给人民带来的翻天覆地的变化。好一个“情蘸南海”！好一个“如泼墨”！这就像中国画的大写意技法一样，暗含着对“大手笔”的赞美。如今，“中国梦”已成为全中国人民的共同向往，我们的心花在怒放着。

振我腾飞十亿翅，马嘶万里踏波来。（142 页《访灵渠》1986）

赏析：据诗后注解，“马嘶”为马嘶桥，“万里”为万里桥。这又是诗人利用自然风物入诗的佳句。古人论诗有“隔”与“不隔”之分，认为用典而看不出为“不隔”，是高明；一旦有痕迹，为“隔”，则不够高明。从上面的诗句来看，我们的确不知道是有典故的。从约定俗成的缘由来看，“十亿翅”、“马嘶”、“万里”这些词语就像莲藕一样是相互通感着的，给人一种龙腾虎跃的感觉。

烟雨楼头南湖心，长河水源白云根。窗开万厦须两手，挽此云水净埃尘。（226 页《富春江散歌·十五》1992）

赏析：丁正梁教授在《贺敬之新古体诗选释》中指出本诗“成功运用了赋比兴相结合的手法”。富春江边有个叫白云源的地方，它由高山、峡谷组成，深潭碧水、溪水长流。作者当时来到这里，却联想到了党的诞生地南湖，联想到了党经历的风风雨雨。“两手”指的是物质文明和精神文明，要“坚持两手抓，两手都要硬”。历史发展的实践告诉我们：一手硬、一手软不行！搞改革开放，更需要加强精神文明建设、筑牢思想防线。

高山流水最知音

在长期的革命生涯中，贺敬之与许多革命同志结下了深情厚谊，写下了一篇篇怀念或评价这些同志的诗文。这些诗文往往能抓住对方的特点或联系自然景物等，妥帖自然，了无痕迹，可说是真正的“知音诗”。

床前墓前恍若梦，家斌泪眼指影踪。父老心中根千尺，春风到处说柳青。（62 页《皇甫村怀柳青·一》1982）

赏析：柳青（1916—1978），原名刘蕴华，陕西省吴堡县人。著名小说家。早年从事革命活动，1938 年奔赴延安。解放战争后期，回陕北深入生活。1952 年任陕西省长安县（今西安市长安区）副书记，并在该县皇甫村落户达 14 年，创作出了著名长篇小说《创业史》。此诗中的“家斌”就是小说中“梁生宝”的原型。据诗后注解：“柳青弥留前作者到病床前探望，此次来墓前默哀。”作者来到此地，家斌以及当地的群众自然会介绍柳青在当地的点滴，作者也自然会生发诸多感慨。这种感慨化作诗句，自然有一种深沉的情感。“根千尺”形象地道出了作家柳青深深扎根于人民的优秀品质；用“春风到，柳条青”的自然现象来比喻人民群众对柳青的热爱和怀念，如雪溶化于大地，天衣无缝，名句名副其实。

碧血塞上几经春？大刀一曲忆战云。岁岁清明碑前祭，蒙汉万口念麦新。（126 页《参观哲盟博物馆麦新烈士史迹》1986）

赏析：麦新（1914—1947），原名孙培元，别名默心、铁克。原籍常熟，生于上海。著名作曲家，抗日战争时期以《大刀进行曲》闻名全国。解放战争期间到哲盟工作，后在开鲁地区的战斗中英勇牺牲。蒙汉等各族人民为他立碑纪念，并把他战斗工作过的地方命名为“麦新镇”。诗人的歌词《行军》、《红色的军队，前去》、《志丹陵》就是麦新作的曲。

此诗写于麦新战斗工作过的地方，是由参观哲盟博物馆麦新烈士史迹而引发的怀念之情。该诗抓住典型特点、典型作品，称赞了麦新战斗的一生、革命的一生、为人民谋利益的一生，因此“蒙汉万口念麦新”就自然而然了。

莱西妙笔崔子范，妙在有范无范间。经纶高手似崔子，画出莱西步步天。(182页《访莱西·一》1988)

赏析：诗人善于用中华汉字的一字多音、一字多义来表情、达意、说理。崔子范是画家，诗人就在“范”上下工夫，道出了画家绘画取得成就的秘诀：在于“有范无范间”——既按照既定程式又突破繁文缛节、既遵守固定框框又突破樊笼束缚。

其实，诗人早在1958年就曾提醒过这个问题：“在遵照形式的严格要求的同时，随时会有被形式俘虏的危险”（《卷3》72页《喜儿回“娘家”》）。而此诗的中心思想是改革开放。作者通过“有范”与“无范”的哲思，指出我们的改革开放只有遵循基本原则又能大胆突破不合时宜的陈规陋俗，才能画出中国的“步步天”。

名辉红旗，谷秀大地。耿耿公心，浩浩正气。死而不已，斯人未去。红色良种，江山有继。(582页《赞李东辉同志》1991)

赏析：这是诗人少数四言诗中的一首。李东辉是谷子专家。诗人紧紧抓住对方名字和工作特点（谷子专家），称赞其业绩和人品。特别是一改“死而后已，斯人已去”的定式思维，一个“不”字，道出了对方崇高的思想境界；一个“未”字，道出了人民对他的眷恋。诗人并没有到此为止，而是进一步通过这个“红色良种”，看到了我们祖国“江山有继”——开掘出了更新更高的境界。诗人始终关心的是社会主义事业的前途，当然希望出现更多的“红色良种”，只有这样，才能“江山有继”。正是由于这多重因素，诗人的诗作总是能够挖掘出更深层次的涵义。

群山巍巍耸群峰，魏巍矗立势峥嵘。百年人民文学史，君在亿万民心中。（628 页《致魏巍同志·一》1998）

赏析：魏巍（1920—2008），著名作家。1950 年年底，魏巍奔赴朝鲜前线，和志愿军一起生活、战斗，发表的文艺通讯《谁是最可爱的人》在全国引起巨大影响。从此，“最可爱的人”成了志愿军的代名词。1978 年，他创作完成了抗美援朝题材的长篇小说《东方》，于 1983 年获首届茅盾文学奖。在我国现当代文学发展中，大家辈出、名作辈出，魏巍的人品、文品和文学成就可谓群峰中的独特高峰。诗的后两句，充分肯定了魏巍这位德高望重的老作家与人民的血肉联系和在人民心目中的地位。

延水滚滚念君名，渤海滔滔忆君功。燕赵大地怀明予，尽瘁终生是永生。（《心船歌集》46 页《题〈戴明予同志纪念文集〉》2006）

赏析：先录一下诗人在题目下面的说明：“我与戴明予同志一九四〇年在‘延安鲁艺’同学。一九四五年后，他到河北地区工作，先后曾任唐山、邯郸钢铁厂厂长、党委书记，唐山市委副书记。一九八三年后任秦皇岛市委书记。二○○四年逝世。”

此诗的特点：一是叠字运用——“滚滚”、“滔滔”；二是“同位”运用——“念君名”、“忆君功”；三是“一字隔配”——“终生是永生”；四是镶嵌——“延水”、“渤海”、“燕赵”、“明予”；五是拟人——“延水”“念君名”、“渤海”“忆君功”。由此可见，一首好诗的诞生不仅仅在于情感，还在于多种技巧的叠加运用。

风涛长我少年志，晚岁微型见大诗。巴山夜雨忽成泪，何忍失君痛别离。(《心船歌集》47 页《悼诗人白莎·一》2006)

赏析：据诗后注解，白莎本名晁秀贞，先用笔名“风涛”，后用“白莎”，新中国成立后用正式名“晁若冰”，笔名仍用“白莎”。《巴山夜雨》乃白莎创作的长篇纪实小说，小说以其本人经历为线索，“描写了山东流亡到四川的国立六中进步师生进行抗日救亡活动和反抗国民党反动派压迫的斗争生活”。白莎与诗人同为山东人。1939 年前后，诗人和白莎于山东流亡学习期间，常读白莎发表于壁报或报刊之作。《贺敬之文集·6》中，诗人与白莎交往的信收录的最多，从 1988 年 12 月 21 日到 1998 年 4 月 27 日，共有十封。由此可见他们的交情。

此诗表明了白莎对诗人的影响，称赞白莎晚年的微型诗是“大诗”，充分肯定了晚年白莎诗作取得的高度思想和艺术成就，表达了对白莎逝去的怀念和伤感。

平生总为山河醉

阅读《贺敬之文集》，可以感受到他对祖国的山山水水，如饮醇酒一样，挡不住地醉了，情不自禁地留下了许多美好诗篇。诗人在描写美丽河山的时候，很多诗都是抓住山川、景物和人相通之处，借以表情达意、抒发胸怀的。

黄山尽美恐非真，山川各异似才人。崂山逊君云如海，君无崂山海上云。（78 页《游崂山》1985）

谁封五岳压群山？黄山已出五岳前。关塞远隔未深知，长白天池自非凡。（134 页《长白山天池短歌·三》1986）

赏析：黄山虽有“云如海”之美，崂山却有“海上云”之长，长白山也有“自非凡”的天池。从两首诗可见，尺有所短、寸有所长，谁都不可能十全十美。这就提醒我们看人、看物、看事等，一定要一分为二，善于发现所长。

这两首诗让人在领略诗意的过程中，体味蕴含的深刻哲理，颇得宋诗理趣。从《贺敬之文集·文论卷》可以得知，自二十世纪八十年代起，有些人对革命现实主义、革命浪漫主义及“两结合”的创作方法不屑一顾，甚至实施“打压”，不承认其地位——连作为百花之中的“一枝”也不要了，所以，这两首诗也是对此有感而发。

谁道林海新绿生，风景从此不言红？来看万松根到籽，抗联血沃色赤诚。（129 页《车行长白林区》1986）

赏析：千里林海，一派生机勃勃的新绿，令人欣喜。为什么会绿意盎然？那是杨靖宇、赵尚志、赵一曼等革命先烈的鲜血浇灌来的。忘记过去就意味着背叛。

唯有此等好河山，堪为中华写容颜。灿烂往昔千山后，光辉来日万水前。（138 页《长白山天池短歌·九》1986）

赏析：面对长白山景色的神奇，诗人是心旷神怡、思接千里、神游八极，情不自禁地发出了感叹，同时联想起中华民族的灿烂历史和伟大祖国的光辉前景。

最喜有别桂林处，黄河石涛自家风。（165 页《访石花洞·一》1987）

赏析：近代特别是“五四”以来，“有些人只愿意搞外国的东西，缺乏我们的民族自尊心，好像只有外国的东西好，凡是外国的一切都好。本来我们还有一点自己的东西，结果搞来搞去搞得自惭形秽，好像腰杆越来越挺不起来的样子。这是个多年的老问题。”（《卷 3》495 页《发展新歌剧的几个问题》）“如果我们不坚持民族的东西，没有我们自己的特点，没有我们自己的个性，我们就不能自立于世界之林。”（《卷 3》496 页同上）“百花园里每一朵花都要有它自己的不同特点才能构成整个的‘百花’。如果既非这也非那，没有它本身独立的东西，那就存在不下去了。艺术就要有它的个性，没有个性还存在什么呢？连一朵花也开不成，哪里还有百花？”（《卷3》498页同上）诗人在1983年中宣部召开的歌剧座谈会上，对歌剧中存在的盲目崇洋现象，对文艺界有些人丢掉民族优秀传统、不加取舍地唯西方现代派为圭臬的不良风气进行了警示。此诗句对诗人的创作思想作了形象的表达。

故山千览总神奇，新厦百增虑败笔。此卷谁为真画手？浓颜慎勿损天姿。（572页《与画家交谈桂林城建》1988）

赏析：诗人早在二十世纪八十年代就关注过大拆大建、乱拆乱建等层出不穷的现象，指出抓建设抓发展一定要与大自然保持天人合一。

白水江源岷山首，神州此处有“神洲”。九寨风光谁异议？瑶池三山俱点头。（259页《游九寨沟·一》1993）

赏析：此诗巧用“州”、“洲”音同字异的特点，点出九寨沟这个神州中瑰丽神奇的“神洲”，特别是利用神仙之境瑶池三山都点头来衬托人间奇境九寨沟，虽没有具体写其美，却让人浮想联翩，神而往之。

黄河石涛自家风

贺敬之是一位具有“黄河石涛自家风”的诗人。

暗云何能损岱岳？到此亲眼识泰山。（159 页《天街即事》1987）

几番沉海底，万古立不移。岱宗自挥毫，顶天写真诗。（159 页《登岱顶赞泰山》1987）

赏析：中国著名“五岳之首”泰山，经历了多少波谲云诡，沧桑变化，依然顶天而立，风姿依旧。诗人在表达对泰山的尊崇的同时，也抒发了对自己的人品和作品的理想追求。

青松红日对我望，齐报骨坚心透明。（161 页《日观峰上》1987）

赏析：和前面两首诗一样，属于《故乡行》中的一首。据诗前所记：“一九八七年秋，心载京中数月所感而偶有故乡山东之行。几年来见喜、见忧，心绪繁纷，尤以此番为最……因反资产阶级自由化又一次夭折，身处当时境遇，不得不避免又送‘辫子’，再遭谣诼，以致又牵连其他同志也。”（153 页）诗人一贯反对资产阶级自由化，由此可以想象到他当时所面临的处境——谣诼满天。在这种情况下，诗人在登临泰山的时候，不由自主地借“青松”和“红日”表明了自己的心迹心志。此两句物我合一，既是青松红日向我，也是我向青松红日表明“骨坚心透明”。

景人相看两妩媚，江映鹳山双郁碑。谁诵鲁诗唤合影？春山恒美贵横眉。（221 页《富春江散歌·九》1992）

赏析：面对富春江旁鹳山郁达夫、郁曼陀兄弟烈士的“双郁碑”，诗人在深深思考一个问题：人生怎样才能恒美？联想到鲁迅的“横眉冷对千夫指，俯首甘为孺子牛”，诗人直抒心意表明：只有“横眉”，才能“恒美”。“横眉”是一种傲骨，是一种独立的人格。鲁迅是这样的人，“双郁”是这样的人，诗人也是这样的人。

幽水来汇诧胥江，潮神讵料似赧郎。不遭无道何曾怒，应知将军本柔肠。(225 页《富春江散歌·十三》1992)

赏析：两千年前，司马迁对伍子胥鞭笞楚平王尸身的行为给予充分肯定；两千年后，诗人贺敬之又对伍子胥的行为予以理解和支持。两人态度为何一致？心境相同也。

三生石上笑挺身，又逢生日说转轮。百世千劫仍是我，赤心赤旗赤县民！(266 页《归后值生日忆此行两见转轮藏》1993)

赏析：一句“三生石上笑挺身”，就像一幅中国肖像画，诗人独立、傲岸、自信、坦荡、洒脱的形象脱颖而出。面对“百世千劫”，诗人赤心不改、志向不渝。

为天申永志，为地吐豪情。我观黄果瀑，浩荡共心声。怒水千丈下，破险万里征。谁悲失前路，长流终向东。(623 页《咏黄果树大瀑布》1997)

赏析：起句如黄果树瀑布一样，从九霄突降，雄伟有气势，可谓天降雄句。这样的雄词伟句只有大胸怀、大抱负、大手笔之人才能道出。诗人描写山水，往往在于抒发心中所感、所怀、所思——诗言志。我们看颈联马上就知道了，原来诗人与黄果树瀑布有共同的心声。在当代语境里，“东”和“西”在政治上往往代表着社会主义和资本主义两条道路。所以这个“东”，意义特别深刻。全诗语句汪洋恣肆、张力四射，力透纸背、动人心魄。

七十二峰朝天柱，曾闻一峰独说不。我登武当看倔峰，背身昂首云横处。（635 页《登武当山》1999）

赏析：诗人是有独立人格的人，当然喜欢具有独立品格的事物。贺敬之在大是大非面前从来敢于坚持原则，敢于向错误思潮说“不”！

面对七十二峰，诗人却独看“说不”的倔峰，究其原因，心性相通也。“背身昂首云横处”，从整体表面上看是“倔峰”的傲然独立的形象，其实又何尝不是中国独立于世界的伟岸形象呢？

心痒尽牵国盛衰

《贺敬之文集》的《总代自序》分别引用了诗人自己三篇诗作中的诗句：首先定位“我是谁”——“一个小小的水滴……一颗小小的谷粒”（《放声歌唱》）；其次是感情，对党、对祖国、对人民的感情——“羊羔羔吃奶眼望着妈，小米饭养活我长大……”（《回延安》）；最后表明一贯的信念理想——“赤心赤旗赤县民！”（《归后值生日忆此行两见转轮藏》）

这实际上是诗人对自己一生所走道路的回顾总结：我只不过是一个微不足道的小小的水滴、小小的谷粒，是党给了我生命，教给了我为祖国、为人民、为社会主义服务的本领；我不能忘本，不能忘记崇高的使命，我的一生都要为党的最终目标而奋斗！

诗人把自己的一生都交给了党、交给了祖国、交给了人民、交给了社会主义，与其休戚相关、荣辱与共。这从他的文论里，从他的新古体诗里，读者可以深切地感受到。“问何如？观何如？泪如注，心如烛。我思河山旧图画，我念山河新画图。”（233页）诗人的情是如此浓厚，爱是如此炽烈，心如水晶一样清澈而透明！

唯愿二杰愁写尽，从今鲁歌无隐忧。（155页《应大明湖索题》1987）

赏析：此诗也是《故乡行》中的一首。这里的“愁”和“隐忧”是指资产阶级自由化等非马克思主义思潮和道路。1987年正是第二次反对资产阶级自由化夭折的时候，一批反资产阶级自由化坚决的同志被离职调岗，而支持自由化的人则被安排到重要岗位。所以，诗人是在为社会主义祖国的前途担忧。诗人“唯愿”李清照、辛弃疾两位人词家把“愁”写尽，从今，社会主义中国的大地上不再有“隐忧”。诗人是马克思主义者，知道“愁”是写不尽的，即使旧的“隐忧”没了，新的“隐忧”还会出现。但“唯愿”体现了他魂系祖国的赤子之心。

愚不可及宁武子，难得糊涂郑板桥。（156 页《访友倾谈》1987）

赏析：此诗与前一首写于同一时间，时代背景相同。真正的共产党员对党内的不正之风、对危害社会主义中国的各种错误思想和思潮，是不会明哲保身的。诗人不可能像宁武子处世装糊涂一样地隐藏自己，他自己做不到。郑板桥对当时清朝的形势和人民的困苦了解得非常清楚，心里不可能糊涂，这正是一种忧国忧民的情怀。而诗人与郑板桥是知音，二者对时势都非常清醒，难得有一丝一毫的糊涂。

欲探真美入下层，地心深与人心同。（166 页《访石花洞·二》1987）

赏析：从历史实践看，“真美”往往在“下层”。这就要求领导干部多走群众路线，要“情为民所系，权为民所用，利为民所谋”，多接触群众，多学习群众，多依靠群众，多关心人民群众的疾苦。

发枯岂虑己沉浮？心瘁尽牵国盛衰。向识拨乱须反正，总认继往为开来。（168 页《题某同志别海照》1987）

赏析：此诗写于资产阶级自由化又一次泛滥之时。作为坚决反对资产阶级自由化的诗人，受到境内外更厉害的造谣中伤。他忧虑的不是个人命运的沉浮，而是国家的前途命运向何处去。一个鞠躬尽瘁的老共产党员的形象鲜明地矗立于世。

苍山惊我如山在，洱海赠我耳似海。此生念念寻大理，心泉终信万蝶来。（197 页《访大理》1989）

赏析：此诗因景生思，因思写理，因理传念，信念中尽显对党、对共产主义的情。诗中的“大理”，是指马克思主义的伟大真理，是对共产主义的不悔不懈追求。诗人从 14 岁的小小年纪就追求光明，在湖北积极投身抗日救亡运动，后又历尽千难万险投奔延安，写出了许多控诉黑暗、歌颂光明的诗作。虽然多次运动中难免受屈，诗人却依然怀着坚定的信念创作了大量时代华章。

峥嵘井冈路，风雨天安门。（199 页《游石林》1989）

风云三世界，悲欢两红墙。（257 页《访平武》1993）

赏析：两首诗中的四句话，饱含着非常丰富的政治内容。

诗人的新古体诗，有一个非常显著的特点：语言极其简练，内容极其丰富，内涵极其深刻。对于熟悉中国革命史和世界共运史的人，读了这四句诗，一定会引起绵绵无尽的回忆和思考。

名之行之思之江，绝信折水富春光。（216 页《富春江散歌·二》1992）

一滴敢报江海信，百折再看高潮来！（234 页《富春江散歌·二六》1992）

赏析：我们的国家经历了几次波折，每次都能矫正航向。

诗人“从建国以后的第一次文艺整风，到以后的历次政治运动，我都是被批判或者被斗争，被隔离审查或者被处分，一直到‘文革’中间被迫害而迟迟不予解放，被‘四人帮’钦定为‘一贯右倾’的‘黑线人物’”。(《卷6》312 页）后来在中宣部、文化部任职，他始终处于旋涡当中；特别是因坚持和资产阶级自由化作坚决斗争而离职，经历了许多波折。面对之江，此时此地此情此景，他不由得想到国家前进路上的“之”，想到自己革命经历的“之”。但诗人是坚定的马克思主义者，马克思主义的辩证法让他对国家前途充满信心。1992 年年初邓小平南行讲话，更坚定了他的判断和信心，让他发出了“百折再看高潮来”的昂扬的时代强音。

我有归魂非迷魂，清江一滴是我身。（227 页《富春江散歌·十七》1992）

赏析：“归魂”是指退休“解枷”、回归创作——这也是诗人一直的心愿。“迷魂”是指迷失方向、迷失信仰之魂。

诗人不管在任还是“赋闲”，始终保持着清醒的头脑，像富春江的水珠一样澄澈透明。

方腊碧血腾碧浪，梁山易帜后何如？（232 页《富春江散歌·二三》1992）

旗问颜色国问姓，鼓浪犹呼郑成功！（645 页《访郑成功纪念馆》1999）

赏析：用历史事实提醒、警示世人“易帜”所带来的悲剧，振聋发聩，发人深省。暗指苏联和东欧“易帜”的惨剧。红旗绝对不能改色，社会主义的中国绝对不能变成资本主义的中国。

北来海鸥知风暴，落红何因告万家。（607 页《北来海鸥》1994）

春城花似海，海鸥远方来。识得梅兰否？此花永不衰。（609 页《题赠梅兰展》1994）

赏析：“北来海鸥”指从苏联方向飞来的海鸥，“风暴”指苏联和东欧“易帜”事件。前两句提醒我们要研究苏联和东欧变质的原因，提高党在新时期的执政能力。后四句是告诉世界，中国社会主义的红旗是永远不会落地的。

诗人的诗涉及政治，让人喜欢读，原因是用了形象思维。可见，作诗一定要善于运用形象思维。

深采民间源泉水，酿出诗中茅台来。（631 页《题茅台诗会二章·二》1998）

赏析：诗人曾在话剧《于无声处》座谈会上说：“我们应

该向人民学习，向青年学习。人民，只有人民才是历史发展的动力。我们的党之所以有力量，就因为她和人民在一起。”（《卷3》207页）有责任的诗人只有深入到人民之中，才有可能“酿出诗中茅台来”。

结束语

我们要求锻炼出真正具有高度思想性的，掌握高度技巧的，并富有深刻的生活体验的，富有作为革命战士也作为作家的那种丰富感情的成熟的作者。对于这样的作者，生活、思想、感情、技巧等，都是他毕生努力的课题。（《卷3》28页《谈提高作品的思想性》）

一个有社会责任感、有党性的作家，一定会对他所表现的社会生活进行认真深入的观察和思考，然后作出实事求是的判断，并通过艺术形象表达出来。这才是真正的对党负责、对人民负责。（《卷3》214页《在音乐创作座谈会上的讲话》）

一切热爱祖国、热爱人民的作家、艺术家，都会自觉地以民族的利益、人民的需要来要求自己的创作。这不会削弱他们的创作积极性，恰恰会给他们的创作提供强大的社会动力。（《卷3》214页同上）

诗人和诗，要同人民结合，同时代结合。这是一个具有根本意义的道路问题……这是一切属于人民和社会主义队列的诗人们都应当走的唯一正确的道路，也是真正宽广的道路。（《卷

3》339 页《〈李季文集〉序》)

是诗人，同时也是战士。这就是意味着，要为人民的利益和愿望而斗争，为革命的和社会主义的时代而歌唱。这是衡量诗人成就大小和诗篇价值轻重的首要之点。(《卷3》340 页同上)

……

以上是贺敬之的文论。诗人是这样要求别人的，更是这样要求自己的，他的创作实践证明了这一点。

王国维在《人间词话》开篇就说：“词以境界为最上。有境界则自成高格，自有名句。”那么，何谓境界？王国维这样解释：“境非独谓景物也。喜怒哀乐亦人心中之一境界。故能写真景物、真感情者，谓之有境界。否则谓之无境界。”

论词是这样，论诗同样也应该是这样。

注：除专门注明外，括弧里的页码均指《贺敬之文集·新古体诗书卷》(《卷2》)。

贺敬之新古体诗技法分类

贺敬之的新古体诗在突破格律诗的樊笼后，充分发挥汉语言的规律和特点，光大既有传统，为新古体诗注入了新鲜血液；同时，在诗体上，把“楼梯式”引了进来，成为新古体诗这一家族的新亮点。

下面，笔者把自己所总结的技法及例句集合如下。

一、“叠字”生辉——西施浣纱美

1. 双“首”潮头立

耿耿公心，**浩浩**正气。（582 页《赞李东辉同志》）

天天见桃李，**翩翩**舞凤兰。（36 页《谢神户中华同文学校宴请》）

灼灼现塔影，**呦呦**闻鹿鸣。**欣欣**灞桥柳，**依依**故人情。（42 页《奈良吟》）

巍巍葛洲坝，**悠悠**西陵峡。（100 页《宜昌三游洞远眺》）

山山金黛莱，**村村**烈士碑。（129 页《题赠延边州委》）

山山金无尽，**人人**心胜金。（183 页《访招远金矿·一》）

匆匆过天水，**悠悠**访羲皇。（207 页《题伏羲庙》）

栩栩现群英，**历历**见当年。（《心船歌集》46 页《观画家赵志田同志大型绘画〈烽火太行〉》）

悠悠千思水，**脉脉**万情荷。（《心船歌集》53 页《游台儿庄运河湿地公园》）

灿灿星光英烈史，**灼灼**春华锦绣图。（179 页《访平度·二》）

昏昏何处问大理，**灼灼**此心念昆明。（677 页《梦惊漫记》）

2. 单“首”亦风流

寻访招提寺，**恋恋**归去迟。（44 页《奈良吟》）

海外草木心，**朝朝**望中华！（45 页《奈良吟》）

山山皆灵岩，我今思朗公。（163 页《朗公石》）

榴园结新果，**累累**闻异香。（191 页《题赠枣庄联合大学》）

拍案唤旧部，**萧萧**万马鸣。（593 页《莫干峰》）

天池张天镜，**栩栩**见永生。（《心船歌集》52 页《登白云山述怀》）

晚岁惑蛊诚为训，**巍巍**功业岂可移？（66 页《咏茂陵》）

仰观悬河来远天，**滔滔**史卷并诗篇。（137 页《长白山天池短歌·七》）

浩浩洞庭催来者，岳阳楼上待新辞。（146 页《登岳阳楼》）

灵岩四十罗汉像，**个个**唤起可谈心。（162 页《观灵岩寺名塑》）

榴花尽染先烈血，**熠熠**红旗识故园。（188 页《四园诗·四》）

桐君隐名留药在，**悠悠**我心荡钟声。（222页《富春江散歌·十》）

滔滔嘉陵水流转，古城身后今城前。（254页《访昭化古城·六》）

3. 比“颔”凝眸望

一宿**条条**玉石街，双睫**层层**珍珠门。（92页《咏长岛》）

绕床**殷殷**胜儿女，星辉**灿灿**皆我师。（《心船歌集》45页《感谢江西》）

延水**滚滚**念君名，渤海**滔滔**忆君功。（《心船歌集》46页《题〈戴明予同志纪念文集〉》）

4. 独“颔”相思幽

明珠**沉沉**藏心海，一朝心开明珠来。（114页《访珠海市留赠》）

此生**念念**寻大理，心泉终信万蝶来。（197页《访大理》）

“高峡平湖”诗思久，湖山**历历**巨人迹。（229页《富春江散歌·十九》）

我行**步步**白发减，彩池一照少年身！（260页《游九寨沟·二》）

洞中银河梦中天，神舟**飘飘**人欲仙。（575页《游本溪水洞》）

群山**巍巍**耸群峰，魏巍矗立势峥嵘。（628页《致魏巍同志·一》）

5. 谁喜绕“颈项”

不借佛千眼，但学**面面**观。(47 页《浅草行》)

访此更解春风意，心花宜地**处处**栽。(114 页《访珠海市留赠》)

经纶高手似崔子，画出莱西**步步**天。(182 页《访莱西·一》)

君怀殷红**粒粒**籽，剖心待我园中园。(188 页《四园诗·三》)

6. “项”下蕴千秋

兴亡云**漫漫**，安危雾**重重**。(《心船歌集》52 页《登白云山述怀》)

危石孤舟水**茫茫**，今见崖山古战场。(8 页《访崖山·二》)

天涯地角成山头，千古兴亡去**悠悠**。(90 页《登成山头·一》)

病愈身别心难别，黄洋秋水情**依依**。(《心船歌集》45 页《感谢江西》)

二、“字配”对仗——昭君伴霞归

1. “一字双配”民歌扬

边防卫**边**任，**珲春**护**春**神。(132 页《珲春国境线上题赠边防战士》)

此行**此生**记长阳，**山长水长**情谊长。(107 页《访长阳》)

长白**长**倾天池水，**延**边“**延大**”桃李园。(130 页《节日前夕访延边大学》)

东郎西郎江边望，**大姑小姑**秋波长。（173 页《阳朔风景》）

梦耶幻耶今曾见，**此山此水**九寨沟！（261 页《游九寨沟·三》）

云巢云往思今古，**风穴风来**辨西东。（666 页《登风穴寺望州亭》）

2. “一字续配”更华章（变格）

山迴水洄少壮回，鹭飞瀑飞壮思飞！（218 页《富春江散歌·五》）

百世千劫仍是我，**赤心赤旗赤县民！**（266 页《归后值生日忆此行两见转轮藏》）

漳州神州五洲看，妖雾岂掩万丈焰！（641 页《漳州红军纪念碑》）

3. “一字隔配”出新意

解枷非解甲，归田岂归天？（167 页《戏赠某同志罢某官》）

知心缘同心，落红非真红。（580 页《会见印度西孟加拉邦共产党总书记乔蒂·巴苏·二》）

“**四化**”**需四有，雨来向未来**。（610 页《贺雨来中学成立》）

但寻**新景**问**新路**，先访**今人**后**古人**。（9 页《访崖山》）

堪惊**佛塔**发**佛骨**，曾记**玉妓**拾**玉镯**。（151 页《参观法门寺塔出土文物》）

望岳偏遇**望人**松，**观日**却上**日观**峰。（160 页《日观峰上》）

闻鹤未攀**仙鹤**洞，**忆月**不记**明月**峰。（171 页《登叠綵山忆旧游》）

兴坪**渔火**连**篝火**，一夜**新歌**接**旧歌**。（173 页《兴坪联欢》）

苍山惊我**如山在**，**洱海**赠我**耳似海**。（197 页《访大理》）

富春江接**新安江**，**仙乡梦乡**似**故乡**。（227 页《富春江散歌·十六》）

建德**新市**胜**海市**，蜃楼**人居**傲**仙居**。（229 页《富春江散歌·十九》）

君为**青州**续**青史**，**心红**当似“**火炬红**”。（563 页《应隋书记嘱题》）

于谦**青白**悬**白日**，千秋**碧水**接**苍水**。（590 页《大观西湖》）

清流几见**浊流**涌，**夕阳**翻作**朝阳**升。（629 页《致魏巍同志·三》）

曾历**险路**思**前路**，欣看**杨竹**画**雪竹**。（650 页《题杨竹画雪竹图》）

醒看**怒江**翻**怒浪**，**气腾**热海望**腾冲**。（677 页《梦惊漫记》）

今逢**马年**更**思马**，人日**怀人**总是**君**。（680 页《寄贾漫同志》）

唯循**正道**是**大道**，百念**台庄**走**康庄**！（《心船歌集》50 页《台儿庄散歌·十一》）

4. “同词”相隔互颉颃（含变格）

西山山之**西**，**云南云**之**南**。（112 页《题深圳云南大厦》）

神农招访**神农**架，**燕子**邀客**燕子**垭。（636 页《访神农架》）

三、“同位”互望——貂蝉羞明月

1. 句“首”展风流（正格）

良朋赠金钥，**良港**泊华轮。（33 页《访神户·一》）

知情祖国心，**知味**家乡酒。（35 页《访神户·三》）

为天申永志，**为地**吐豪情。（623 页《咏黄果树大瀑布》）

诗心未负江山债，**诗人**非属江郎才。（15 页《赠诗友》）

西湖入袖驰望眼，**西子**千身展千姿！（230 页《富春江散歌·二十》）

我思河山旧图画，**我念**山河新画图。（233 页《富春江散歌·二四》）

谁呼江山继耶断？**谁问**生子虎耶犬？（252 页《访昭化古城·四》）

何境尽消魂中垢？**何域**遍呈心内幽？（261 页《游九寨沟·三》）

2. 句“颔”写千秋（正格）

西望**华山**颂群英，东看**崂山**又一峰。（79 页《咏崂山抗洪英雄群体》）

恰似**湖绸**新泼画，一如**湖笔**再梦花。欲览**湖州**新长卷，再登飞英塔上塔。（591 页《访湖州》）

扶**我**初学步，导**我**晚霞行。（《心船歌集》52 页《登白云山述怀》）

3. 句“颈”妙文在（正格）

诗心未负**江山**债，诗人非属**江郎**才。(15 页《赠诗友》)

长清人间真**似**幻，灵岩仙家幻**似**真。（164 页《长清新城留别》)

三江两湖梦**之**国，千岛万峰情**之**巅。（217 页《富春江散歌·四》)

应解子陵“**客星**”忧，当消灵运“**客儿**”愁。(219 页《富春江散歌·七》)

谁呼江山继**耶**断？谁问生子虎**耶**犬？（252 页《访昭化古城·四》)

4. 句“尾”上层楼（变格）

西辞**长江**岸，东来见“**长安**”。(41 页《奈良吟》)

历难更开新**诗境**，黄河九曲**诗汛**来！(15 页《赠诗友》)

延水滚滚念**君名**，渤海滔滔忆**君功**。(《心船歌集》46 页《题〈戴明子同志纪念文集〉》)

四、“回文回词”——玉环舞芳菲

1. 回词（正格）

“**油断**”**疑断油**，问车恰增钱。(48 页《浅草行》)

居庸岂庸居？老骥洗征尘。(75 页《应题居庸关路居处》)

长白晚霞变早霞，倒转**花甲**成**甲花**。（131 页《东盛乡老人节联欢》)

神峰仙岭抱**天水**，异雾奇霞遮**水天**。（133 页《长白山天池短歌·一》）

望岳偏遇望人松，**观日**却上**日观**峰。（160 页《日观峰上》）

长清人间**真似幻**，灵岩仙家**幻似真**。（164 页《长清新城留别》）

几违五台访**文殊**，廿年读君喜**殊文**。（《心船歌集》47 页《赠文艺评论家艾斐》）

2. 回词（变格）

四海识潼水，**思川喜川丝**。（247 页《咏梓潼·二》）

3. 回文（正格）

我来观鱼鱼观我：子非柳子缘何来？（215 页《富春江散歌·一》）

天地若怀怀天地，江山如画画江山。（653 页《观张文俊巨幅山水》）

4. 回文（变格）

闻名**有为**康**南海**，今见**南海**真**有为**。（117 页《访南海县》）

月观峰上**观落日**，**日观峰**下**逢月升**。（158 页《登泰山南天门即景》）

我思**河山旧图画**，我念**山河新画图**。（233 页《富春江散歌·二四》）

长春有京剧，京剧能**长春**。（565 页《题长春京剧团》）

五、字配“反组”——屈平离骚在

1. 正格万古

北望青山**南望**云，**伤心**何处写**丹心**？（9 页《访崖山·五》）

遥想**放鹤**今**归鹤**，倾心拭目看丹青。（16 页《题徐州绘画馆》）

店主长与利华善，同行**相助**不**相扑**。（29 页《题应新大谷》）

逝者应使**生者**忆，**后人**当越**前人**迹。（64 页《昭陵》）

我今登阁增感慨，江山**多难**复多情。（86 页《登蓬莱阁》）

长白**晚霞**变**早霞**，倒转花甲成甲花。（131 页《东盛乡老人节联欢》）

此境**天生**抑**人生**？**相遇**竟在**不遇**中。（158 页《登泰山南天门即景》）

名谦**平度**实**高度**，天柱标高岂魏书？（179 页《访平度·二》）

莱西妙笔崔子范，妙在**有范无范**间。（182 页《访莱西·一》）

记取几遭病虫害，**瘟神**总扮**护花神**。（210 页《观文艺会演有感戏作》）

富春江上严陵濑，**东钓台**旁**西吊台**。（215 页《富春江散歌·一》）

我有**归魂**非**迷魂**，清江一滴是我身。（227 页《富春江散

歌·十七》)

建德**新市**胜**海市**，蜃楼**人居**傲**仙居**。(229 页《富春江散歌·十九》)

共话文明双飞翼，喜望**利州**亦**义州**！(240 页《咏广元·四》)

东路初平**西路**险，向天有问学君飞。(262 页《访江油太白故里·一》)

解我**天问**又**地问**，心刻正道智慧墙。(603 页《德阳二章·一》)

暮年不改**少年**望，依然**朝阳**岂**落阳**？(603 页《德阳二章·二》)

清流几见**浊流**涌，**夕阳**翻作**朝阳**升。(629 页《致魏巍同志·三》)

2. 变格千秋

月观峰上观落日，**日观峰下**逢月升。(158 页《登泰山南天门即景》)

六、"谐音"多变——镜鉴杜甫怀

1. 明谐（正格）

富士俯世久，何对女儿羞？(30 页《游箱根》)

桂林**贵**真友，**漓**江宜**丽**人。(141 页《漫步漓江题赠》)

解枷非**解甲**，**归田**岂**归天**？(167 页《戏赠某同志罢某官》)

心托**明镜**非**冥静**，日运月行此中泊。(128 页《过镜泊湖》)

长啸畅笑消病颜，云月八千有此缘：（217 页《富春江散歌·四》）

谁诵鲁诗唤合影？春山**恒美**贵**横眉**。（221 页《富春江散歌·九》）

白水江源岷山首，**神州**此处有“**神洲**”。（259 页《游九寨沟·一》）

踏遍**青山情**未老，此行此景此杯中。（621 页《茅台酒厂嘱题》）

群山**巍巍**耸群峰，**魏巍**矗立势峥嵘。（628 页《致魏巍同志·一》）

此公**钓鱼**非**钓誉**，但见**沽酩**不**沽名**。频呼**何罪何曾醉**，愤笔**书控**岂**书空**？（674 页《记某退休老同志》）

2. 明谐（变格）

四海识潼水，**思川喜川丝**。（247 页《咏梓潼·二》）

3. 暗谐（正格）

淮海决战地，碾庄举世名。笑指**游人**看，**豆入油壶**中。（646 页《访碾庄》）

昏昏何处问**大理**，灼灼此心念**昆明**。（677 页《梦惊漫记》）

七、“镶嵌”事物——鉴出苏轼意

1. 嵌人名

中岛健目望，**今日出海**迎。（20 页《抵东京》）

松绿千田盛，争道梅先生。（23 页《相见欢》）

松山岁寒志，**清水**见友心。（24 页《访松山芭蕾舞团》）

河原崎路艰，白发话当年。（25 页《见河原崎长十郎》）

真山有**青果**，我爱“**新制作**”。（25 页《与新制作座联欢》）

天天见桃李，翩翩舞**凤兰**。（36 页《谢神户中华同文学校宴请》）

杯举景德知深意，弦定**白石**存古风。（37 页《中京城茶席》）

父老心中根千尺，春风到处说**柳青**。（63 页《皇甫村怀柳青·一》）

邓艾别道裹毡下，战将背后降表来。（242 页《重登剑门关忆昔》）

“乐不思蜀”嗟**阿斗**，“出师未捷”叹**诸葛**。（242 页《翠云廊古柏蜀道》）

2. 嵌地名

谢君为向导，**浅草**行且谈。（47 页《浅草行》）

红心振双翼，**延边**正起飞！（129 页《题赠延边州委》）

杯举**景德**知深意，弦定白石存古风。（37 页《中京城茶席》）

佳音惹人尽东望，高耸驼峰是**烟台**。（83 页《咏烟台·一》）

知有黄金足**招远**，亦需文章胜**蓬莱**。（84 页《咏烟台·二》）

恍与屈子解《天问》，行吟不到**汨罗江**。（89 页《石岛访渔家》）

肤施誓愿又入梦，热泪今涨**千岛湖**。（228 页《富春江散歌·十八》）

奉公愧奖如君者，贬为**左家庄**里人。（571 页《灵渠“三将军墓”前有感》）

昏昏何处问**大理**，灼灼此心念**昆明**。（677 页《梦惊漫记》）

3. 嵌文名

店主长与利华善，同行相助不**相扑**。（29 页《题应新大谷》）

恍与屈子解《**天问**》，行吟不到汨罗江。（89 页《石岛访渔家》）

几经风雨知情重，犹念《**桂林山水歌**》。（140 页《漓江诗会席间》）

今当新唱《**法门寺**》，智兮情兮人之歌。（151 页《参观法门寺塔出土文物》

遥指明皇错“经纬”，机声今笑《**雨霖铃**》。（244 页《参观剑阁县毛巾被单厂》）

尚有几多忧患在，“**河殇**”改色声势狂。（《心船歌集》50 页《台儿庄散歌·九》）

4. 嵌诗句

谁使“**齐鲁青未了**”？江山代有新人来。（80 页《离青岛应索题》）

我岂“**笛吹孤戍月**”，但笑“**犬吠隔溪村**”！（224 页《富春江散歌·十二》）

“**乐不思蜀**”嗟阿斗，“**出师未捷**”叹诸葛。（242 页《翠云廊古柏蜀道》）

“**刺破青天锷未残**”，碑立芝山红楼前。（641 页《漳州红

军纪念碑》)

我应急索题旧句：“**桂林山水满天下**”。（《心船歌集》45页《龙庆峡》)

“**正是河豚欲上时**”，东坡题画非关吃。（《心船歌集》45页《即事戏作》)

八、“极限”寻极——伯仲李白才

1. “历难更开新诗境”——挑战自我

苍山一别已五载，闻道至今蝶未来。**化作鸥群春城会，带得潮声入我怀**。(608页《再赠李鉴尧同志》)

2. “后人当越前人迹”——挑战古人

浩浩洞庭**催来者**，岳阳楼上**待新辞**。(146页《登岳阳楼》)

大观西湖**识壮美**，九天峰飞仰岳飞。于谦青白悬白日，千秋碧水接苍水。(590页《大观西湖》)

3. “挥毫顶天写真诗”——攀登极限

印中**友谊花**，西孟**花中蕊**。（579页《会见印度西孟加拉邦共产党总书记乔蒂·巴苏·一》)

死而**不已**，斯人**未去**。(582页《赞李东辉同志》)

九、“色彩”斑斓——写意九寨沟

1. 正格出灿星——万紫千红才是春

紫荆**红**棉**绿**蕉林，古墓**苍**苔旧碑文。(9 页《访崖山·四》)

绿浓**红**深沙漠间，寻访归来夜难眠。(123 页《访通辽西喜嘎查》)

青山久违诉别意，**碧**水重逢话逝波。(140 页《漓江诗会席间》)

于谦**青白**悬**白**日，千秋**碧**水接**苍**水。(590 页《大观西湖》)

2. 变格亦豪雄——千姿百态长精神

紫荆红棉绿蕉林，**古**墓**苍**苔**旧**碑文。(9 页《访崖山·四》)

神峰**仙**岭抱天水，**异**雾**奇**霞遮水天。(133 页《长白山天池短歌·一》)

十、“复用”繁富——工笔十笏园

1. “有始有终”重真情

仰观“**大**”**字峰**，我心如**大涌**。四化**大观**日，昆仑告友朋！(31 页《游箱根》)

泉城多真水，历下少虚情。**故人故心**在，**故乡**问征程。(154 页《济南会友》)

山山**金无尽**，人人**心胜金**。**心赤**真**招远**，万里**招我心**。

（183 页《访招远金矿·一》）

老兵延河子，**铁佛观世音**：今日五二三，江南见**此君**。**觉君**净瓶浅，难贮我情深。**笑君**空五内，何怪我**铁心**！（212 页《笑说铁观音》）

春城**花似海**，海鸥远方来。识得**梅兰**否？**此花**永不衰。（609 页《题赠梅兰展》）

诗心未负江山债，**诗人**非属江郎才。历难更开新**诗境**，黄河九曲**诗汛**来！（15 页《赠诗友》）

黄山尽美恐非真，**山川**各异似才人。**崂山**逊君云如海，君无崂**山**海上云。（78 页《游崂山》）

此行此生记**长阳**，**山长水长情谊长**……生日何须问生地，**长阳**亦是我故乡！（107 页《访长阳》）

明珠沉沉藏**心海**，一朝**心开**明珠来。访此更解春风意，**心花**宜地处处栽。（114 页《访珠海市留赠》）

半生常饮未**深醉**，纵有千喜与万悲。为筹环球大同宴，来倾天池**试醉归**！（139 页《长白山天池短歌·十》）

此海于君非**宦海**，波击浪打未言哀……临歧又是风雪日，**此别**依旧**此胸怀**。（168 页《题某同志别海照》）

又见满园**花似锦**，十年甘苦园丁心。记取几遭病虫害，瘟神总扮**护花神**。（210 页《观文艺会演有感戏作》）

烟雨楼头南湖心，长河**水源白云**根。窗开万厦须两手，挽此**云水**净埃尘。（226 页《富春江散歌·十五》）

建德新市胜海市，蜃楼**人居**傲仙居。“高峡平湖”诗思久，

湖山历历**巨人**迹。(229 页《富春江散歌·十九》)

无限情丝迎客雨，迎我**千岛湖**中去。**西湖**入袖驰望眼，**西子千身**展**千姿**！(230 页《富春江散歌·二十》)

两将勇彪“战胜坝”，**一帅**兵困牛头山。导游指点关上下，使我**一跃一喟然**。(251 页《访昭化古城·二》)

三生石上笑挺身，又逢**生日**说转轮。百世千劫仍是我，赤心赤旗赤县民！(266 页《归后值生日忆此行两见转轮藏》)

春城访春真见**春**，心花**深处**有**深根**。卫国勇士育花手，**国门国色**系一身。(609 页《赠文华顺同志》)

我观神农原始景，**后观我身**隔云层。小草远志非远古，**神农顶上**说大同。(637 页《登神农顶》)

宝丰佳酿远扬名，几度令我作醉翁。此来未饮心却醉，“公”字增辉动我情。国宴溢香品君味，更望**宝丰宝更丰**……(661 页《过宝丰酒厂》)

北鸥南来绕翠湖，万里友心思**杨苏**。今逢更感**前苏**事，怒江声伴话征途。(675 页《谢杨苏同志》)

今春何处探芳菲？**马年思马**访边陲。**怒江怒涛**英雄气，勐锌**金马**欲腾飞。(678 页《题赠勐糯永昌铅锌公司》)

几经画山辨**真马**，感同翠湖鉴尧心。一曲“**马儿**慢慢走”，今逢**马年**倍思君。(679 页《寄李鉴尧同志》)

2.“先合后分”成新风

唯有此等好**河山**，堪为中华写容颜。灿烂往昔**千山**后，光辉来日**万水**前。(138 页《长白山天池短歌·九》)

登峰造极雄者谁？汉武立此**无字碑**。则天**碑**立亦**无字**，留于后人评是非。（161 页《玉皇顶无字碑》）

翠云廊下今重过，**画廊史廊**溯长河……蜀道遥想神州路，新喜新忧感非昨。（242 页《翠云廊古柏蜀道》）

古城昭化葭萌关，满目风云思**万千**。底事**千年**远若近？何情**万里**鼓征帆？（250 页《访昭化古城·一》）

名地名酒台儿庄，酒家争赶兵家强。一杯载我**三乡**去，**诗乡梦乡**到**故乡**。（573 页《题赠台儿庄酒厂》）

七十二峰朝天柱，曾闻**一峰**独说不。我登武当看**倔峰**，背身昂首云横处。（635 页《登武当山》）

3. “先分后合”大趋势

青山久违诉别意，**碧水**重逢话逝波。几经风雨知情重，犹念《桂林**山水**歌》。（140 页《漓江诗会席间》）

望岳偏遇**望**人**松**，**观日**却上**日观**峰。**青松红日**对我**望**，齐报骨坚心透明。（160 页《日观峰上》）

传神何妨真**画神**？**神来之笔**为写人。（162 页《观灵岩寺名塑》）

误读“**朝天**”作“**朝夫**”，**君天民夫**倒朝无。（244 页《琅珰驿戏作》）

香漫九州溢四海，依然**好酒**数茅台。新篇**诗颂**真**国酒**，**酒魂诗魂**两无猜。（630 页《题茅台诗会二章·一》）

酒节酒都会**诗才**，**缘酒论诗**各抒怀。深采民间源泉水，酿出**诗中茅台**来。（631 页《题茅台诗会二章·二》）

4. “双题酬唱”奔大同

好诗当**似酒**，**好酒**应**如诗**。**诗酒**常相伴，妙境两相知。(649 页《〈中国诗酒报〉嘱题》)

君心未眠奔地火，曾误**君名**为**静波**。**心**托明镜非**冥静**，日运月行此中泊。(128 页《过镜泊湖》)

谁封**五岳**压**群山**？**黄山**已出**五岳**前。(134 页《长白山天池短歌·三》)

事烦久难成此行，但期无官一**身轻**。今来**身轻**心反重，又添千山万种情。(178 页《访平度·一》)

山因**书**闻知**天柱**，唯名**天柱**当此**书**。纵疑道昭非作手，千秋**伟书**不虚无。(181 页《访平度·四》)

莱西妙笔**雀子范**，妙在**有范无范**间。经纶高手似**雀子**，画出**莱西**步步天。(182 页《访莱西·一》)

富春江上严陵濑，东钓台旁西吊台。**我来观鱼鱼观我：子**非柳子**缘何来**？(215 页《富春江散歌·一》)

我有归魂非迷魂，清**江**一滴是**我**身。新安坝下静夜游，**江**灯知**我**万里心。(228 页《富春江散歌·十七》)

南江新岸**楼外楼**，**红颜红心**慰**白头**。共话文明双飞翼，喜望利州亦义州！(239 页《咏广元·四》)

知章**贺铸**史铸名，**可贺贺成**新**有成**。诗画古今共醉我，非因姓同因艺同。(654 页《观贺成国画展答同观者问》)

十一、另类“复用”——黄山冠五岳

1. 一直想郎郎不来，郎在他乡费疑猜

枣庄枣花放，“抱犊”创妙方。(190 页《题赠枣庄联合大学》)

大小天池俱神异，**豪情柔情皆诗情**。(138 页《长白山天池短歌·八》)

今当新唱《法门寺》，**智兮情兮**人之歌。(151 页《参观法门寺塔出土文物》)

谁言走马难观真？**心见心花知花根**。(184 页《重访即墨》)

名之行之思之江，绝信折水富春光。(216 页《富春江散歌·二》)

百世千劫仍是我，**赤心赤旗赤县民**！(266 页《归后值生日忆此行两见转轮藏》)

卫国勇士育花手，**国门国色**系一身。(609 页《赠文华顺同志》)

踏遍青山情未老，**此行此景此杯**中。(621 页《茅台酒厂嘱题》)

漳州神州五洲看，妖雾岂掩万丈焰！(641 页《漳州红军纪念碑》)

处处思乡处处乡，杭州最忆是孟庄。(651 页《记杭州孟庄创作之家》)

诗画古今共醉我，非**因**姓同**因**艺同。（654 页《观贺成国画展答同观者问》）

怒江**怒**涛英雄气，勐锌金马欲腾飞。（678 页《题赠勐糯永昌铅锌公司》）

2. 断续想郎郎不在，忧伤此刻满侬怀

叩门非**叩**关，小涌似故园。（31 页《游箱根》）

征帆载我心，松**涛**似海**涛**。（44 页《奈良吟》）

南山歌《**南**泥》，马鸣自跨鞍。（167 页《戏赠某同志罢某官》）

新世开**新**业，谁歌大风扬？（611 页《咏徐州》）

此日仍**此**心，画石色犹丹。（615 页《题古塞同志画兰石》）

革命情难忘，**赤**水见**赤**心。（622 页《茅台识叶正华同志应索题》）

金秋访**金**城，惊梦紫**金**宫。（627 页《应紫金宫宾馆索题》）

毗邻指家山，豪**情**添乡**情**。（647 页《观邳州博物馆》）

高吟“晚鼓”留佳话，**天**满无闻《**天**问》声。（51 页《观天满宫菅原祭》）

我今登阁增感慨，江山**多**难复**多**情。（86 页《登蓬莱阁》）

重访**陶**都忆**陶**铸，又诵“无私天地宽”。（116 页《重访石湾美术陶瓷厂》）

文物整**旧**应如**旧**，河山当改万里新。（164 页《长清新城留别》）

君怀殷红粒粒籽，剖心待我**国**中**国**。（188 页《四园诗·三》）

西湖波摇连梦寐，千里秀美复壮美。（218 页《富春江散歌·五》）

方腊碧血腾碧浪，梁山易帜后何如？（232 页《富春江散歌·二三》）

老来并坐洞房中，笑声遥连风雨声。（578 页《洞房留影》）

大观西湖识壮美，九天峰飞仰岳飞。（590 页《大观西湖》）

欲览湖州新长卷，更登飞英塔上塔。（591 页《访湖州》）

小草远志非远古，神农顶上说大同。（637 页《登神农顶》）

旗问颜色国问姓，鼓浪犹呼郑成功！（645 页《访郑成功纪念馆》）

空同今会我意否？望州亭作望宇亭。（666 页《登风穴寺望州亭》）

3. 侬郎原本同林鸟，为何依旧两枝开

海虐风狂巍然立，长岛春在长岛人。（93 页《别长岛题留》）

红军碑林红军渡，巴山泪雨诉情思。（237 页《咏广元·一》）

4. 羡慕身孤影不孤，侬郎挽手向未来

山山金无尽，人人心胜金。（183 页《访招远金矿·一》）

明珠沉沉藏心海，一朝心开明珠来。（114 页《访珠海市留赠》）

平生总为山河醉，非酒醉我万千回。（216 页《富春江散歌·三》）

车窗船头望如痴，可在大痴画卷里？（220 页《富春江散歌·八》）

十二、“楼梯”新用——天池新非凡

《题赠陕西省博物馆》（内容略）

《咏南湖船》（内容略）

注：除专门注明外，文中括弧里的页码均指《贺敬之文集·新古体诗书卷》（《卷2》）。

笔者对贺敬之新古体诗的技法分类仅为一己之见。如果从严格意义上来讲，笔者所说的叠字（属于光大传统）、字配、回文（属于另生炉灶）、同位、反组等类别都属于“字词复用”，但由于这些类别各有自己的特点，所以单列出来，而把“复用”和“另类‘复用’”作为其中之一类。

贺敬之新古体诗仄声韵诗作分类

在《贺敬之文集·新古体诗书卷》380 多首诗中，有少量含仄声韵的诗。按照王力在《诗词格律》中总结的前人创作经验，这些诗应属于古绝（或古风）。

笔者简单分类如下。

一、押仄声韵

（一）四言诗

名辉红旗（qí），谷秀大地（dì）。耿耿公心（xīn），浩浩正气（qì）。死而不已（yǐ），斯人未去（qù）。红色良种（zhǒng），江山有继（jì）。（582 页《赞李东辉同志》）

（二）五言诗

1. 挥手别燕山（shān），转瞬见富士（shì）。李白辞彩云（yún），似寻晁卿至（zhì）。（19 页《抵东京》）

2. 空海二王笔（bǐ），春秋写新字（zì）。万代友好约（yuē），价高《兰亭序（xù）》。（21 页《抵东京》）

3. 关公客神户（hù），仁师家曲阜（fù）。同琴弹《牧羊（yáng）》，今昔两苏武（wǔ）。（34 页《访神户·二》）

4. 我言淀川好（hǎo），君说淀川美（měi）。情通千里涛（tāo），心共一海水（shuǐ）。（39 页《访大阪》）

5. 华夏五千年（nián），史证灵宝见（jiàn）。荆山登高望（wàng），古今两惊叹（tàn）。（626 页《登荆山》）

（三）七言诗

1. 美景缘自火山发（fā），祸福异变堪惊讶（yà）。自然原本无神女（nǚ），人世却需“日吉娜（nà）”。（135 页《长白山天池短歌·四》）

2. 笑谈范蠡泛五湖（hú），我泛此湖惹公妒（dù）？陶朱信是千秋业（yè），争奈越、楚国俱覆（fù）！（230 页《富春江散歌·二一》）

3. 七十二峰朝天柱（zhù），曾闻一峰独说不（bù）。我登武当看倔峰（fēng），背身昂首云横处（chù）。（635 页《登武当山》）

二、三仄一平

（一）五言诗

1. 真山有青果（guǒ），我爱“新制作（zuò）”。一声周总理（lǐ），相见泪滂沱（tuó）！（25 页《与新制作座联欢》）

2. 红颜金城主（zhǔ），白发天府客（kè）。同志情无价（jià），共唱招远歌（gē）。（184 页《访招远金矿·二》）

（二）七言诗

1. 堂惠不虑征途苦（kǔ），三岔口前新大谷（gǔ）。店主长与利华善（shàn），同行相助不相扑（pū）。（29 页《题应新

大谷》)

2. 逝者应使生者忆(yì),后人当越前人迹(jì)。昭陵一望长安道(dào),万里今非旧马蹄(tí)。(64 页《昭陵》)

3. 苍山惊我如山在(zài),洱海赠我耳似海(hǎi)。此生念念寻大理(lǐ),心泉终信万蝶来(lái)。(197 页《访大理》)

4. 无限情思迎客雨(yǔ),迎我千岛湖中去(qù)。西湖入袖驰望眼(yǎn),西子千身展千姿(zī)!(230 页《富春江散歌·二〇》)

5. 蜜山岛上感相遇(yù),澜波撒骨郭题句(jù)。请教再问“甲申祭(jì)”,黄河渡后今何夕(xī)?(231 页《富春江散歌·二二》)

6. 对我遥指云飞处(chù),乌龙战垒影可睹(dǔ)。方腊碧血腾碧浪(làng),梁山易帜后何如(rú)?(232 页《富春江散歌·二三》)

三、平仄混押

(一)四言诗

漓江醉我(wǒ),对景当歌(gē)。水思分湘(xiāng),山忆伏波(bō)。江山再画(huà),巨笔重握(wò)。往矣昔人(rén),壮哉来者(zhě)!(174 页《登伏波山》)

(二)五言诗

1. 百赞人不醉(zuì),千折心未摧(cuī)。艺术为人民(mín),永葆真善美(měi)。(26 页《与新制作座联欢》)

2. 仰观“大”字峰(fēng),我心如大涌(yǒng)。四化大

现日（rì），昆仑告友朋（péng）！（31 页《游箱根》）

3. 知情祖国心（xīn），知味家乡酒（jiǔ）。隔海长相忆（yì），“神户第一楼（lóu）”。（35 页《访神户・三》）

4. 荣、普今若在（zài），应感虹口泪（lèi）。鉴真当复明（míng），岚山读诗碑（bēi）。（40 页《访大阪》）

5. 千劫河未殇（shāng），万代城不朽（xiǔ）。猛志越山海（hǎi），伟哉老龙头（tóu）！（203 页《咏老龙头》）

6. 印中友谊花（huā），西孟花中蕊（ruǐ）。历劫红更艳（yàn），遥知笑属谁（shuí）。（579 页《会见印度西孟加拉邦共产党总书记乔蒂・巴苏・一》）

7. 沧州军桥上（shàng），浴血刘营长（zhǎng）。至今忆相呼（hū），犹见战旗扬（yáng）！（594 页《题刘政回忆录》）

8. 东海古神泉（quán），人间新仙境（jìng）。来此一为客（kè），笑登万里程（chéng）。（648 页《题东海县温泉》）

（三）七言诗

1. 漠北此夜观歌舞（wǔ），手足情同风姿殊（shū）。萨花独秀永娇艳（yàn），谢君哈达借酒祝（zhù）。（121 页《观哲盟歌舞团演出》）

2. 西湖波摇连梦寐（mèi），千里秀美复壮美（měi）。山迴水洄少壮回（huí），鹭飞瀑飞壮思飞（fēi）！（218 页《富春江散歌・五》）

3. 古来万卷山水图（tú），偏多贫瘠伤心处（chù）。肤施誓愿又入梦（mèng），热泪今涨千岛湖（hú）。（228 页《富春

江散歌·十八》)

4. 建德新市胜海市（shì），蜃楼人居傲仙居（jū）。“高峡平湖”诗思久（jiǔ），湖山历历巨人迹（jì）。（229 页《富春江散歌·十九》)

5. 故山千览总神奇（qí），新厦百增虑败笔（bǐ）。此卷谁为真画手（shǒu）？浓颜慎勿损天姿（zī）。(572 页《与画家交谈桂林城建》)

6. 大观西湖识壮美（měi），九天峰飞仰岳飞（fēi）。于谦青白悬白日（rì），千秋碧水接苍水（shuǐ）。（590 页《大观西湖》)

7. 恰似湖绸新泼画（huà），一如湖笔再梦花（huā）。欲览湖州新长卷（juàn），更登飞英塔上塔（tǎ）。（591 页《访湖州》)

注：文中括弧里的页码均指《贺敬之文集·新古体诗书卷》(《卷 2》)。

戏剧·成就·特色

一部杰出的秧歌剧

——读贺敬之四场秧歌剧《秦洛正》

经典歌剧《白毛女》这部由贺敬之主要执笔（另一位是丁毅）、延安鲁艺集体创作的我国民族新歌剧的奠基之作火了半个多世纪，启迪、鼓舞了无数人。由此，也奠定了贺敬之作为剧作家的崇高地位。

《白毛女》于 1944 年冬开始创作，1945 年党的“七大”前夕完成并作为对“七大”的献礼而演出。当时，贺敬之刚满 20 周岁。

《白毛女》的执笔人最后选中年纪轻轻、资历尚浅的贺敬之不是偶然的。

一是当时鲁艺的文艺人才中，贺敬之是真正的贫苦农民出身，他对剧中喜儿、杨白劳等贫苦劳动人民的体会最为深刻真切。这从《白毛女》诞生以后的实际情况也可以看出，前三幕很少改动，而第一幕几乎没有改动；后三幕（后压缩成两幕）则由于不熟悉生活，在汲取了多方面的意见、建议后，先后做了多次修改甚至大手术。

二是在这之前，贺敬之已经在秧歌剧上显示了卓越才华，不仅单独创作了《栽树》、《瞎子算命》（改编）等喜闻乐见的小型秧歌剧本，还根据集体讨论的笔录，整理润色成了大型秧歌剧《惯匪周子山》（后改为《周子山》），被中共西北局文委授予一等奖。

三是在《白毛女》剧词的最初创作中，是由邵子南进行的，但通过排演，上下都不满意，要求邵重写，邵不同意，这才选中了贺敬之。

经过《周子山》特别是《白毛女》的大参与、大考验、大锤炼，既给年轻的贺敬之带来了声誉，也让他在此后的剧本创作中如鱼得水，先后创作出了十场秧歌剧《弟兄俩》（1946 年 7 月）、四场秧歌剧《秦洛正》（1947 年 3 月）、大型歌剧《节正国》（1950 年北京），以及小型秧歌剧《张金虎参军》（1947 年河北束鹿王庄）。下面就谈谈对《秦洛正》的认识。

《秦洛正》是一部杰出的秧歌剧。

剧作大意：1947 年冀中半老区某村（秦村），共产党要进行土地改革，发动贫农、团结中农斗争地主中的坏分子。曾被本家地主秦复兴欺压陷害过（害秦洛正蹲了三天“下处”，“抃把”秦洛正的土地）的秦洛正，由于地亩较多、家庭相对富裕而被划为中农。但他因无主见，加上妻子的偏听偏信一边倒，反受秦复兴谎言欺骗，误认为自己也是被批斗、被“共产”的对象，从而引起惊慌，偷偷掩埋、变卖、转移家产。后在被追赶逃回家的过程中，他发现大家追的是逃到自己家的秦复兴，而自己在惊慌中丢下的钱粮也完璧归赵。在大家的教育下和铁的事实面前，夫妻俩终于彻底大悟，并主动揭发了秦复兴。

这是一部反映土地改革时期部分中农心理状态的喜剧，在当时具有很强的现实意义和启迪意义。

此剧之所以杰出，除立意外，更是指其艺术成就。

一、剧情跌宕起伏

本剧紧紧围绕秦洛正对自己是“团结对象”还是“批斗对象”的心理和行为展开，巧妙制造矛盾，使得剧情跌宕起伏。

整个剧情起伏是这样的：秦洛正忐忑不安、捉摸不定、不知相信谁——被妻子负面消息和理论搅和，向恐慌倾斜——被王洛良正面争取，恍然大悟，如释重负，倾向于共产党的说法——被秦复兴挑拨离间，又产生恐慌，以为真被“共产”、批斗——在恐慌中掩藏、变卖家产时听到要斗“秦……”，以为将成事实，更加恐慌，产生马上偷运钱粮到娘舅家的行为——被民兵发现追撵，被从大柜子里搜出，吓得瘫软在地——忽然发现是场误会，被群众哄笑——彻底地恍然大悟，如释重负——主动揭发秦复兴。

从生活的真实来说，对一个村子进行土地改革，应该不是几天工夫就能完成的，需要一个较长甚至很长的过程。在这个过程中，地主的利益将被剥夺，自然会生发明、暗的反抗，故意造谣混淆视听，甚至拉拢立场不坚定、不明事理的人，结成统一战线，共同抗拒、破坏土改事业。在这种情况下，如果共产党的政策不明了，或者出现一点儿失误，就会被反动势力当做反面教材进行大肆渲染，从而蒙哄不明就里的群众。秦洛正夫妻就是这样的人，特别是秦妻好了伤疤忘了疼，更认不清谁是好人谁是坏人，帮了自家倒忙；直到真相大白，才彻底悔悟。

那么，剧作家是如何制造跌宕起伏的剧情的呢？

第一，场景集中。整个剧情除了秦洛正偷运粮食被发现那个场景外，其余的都在他家里的正院、家门口、屋里和后院。

第二，时间集中。整个过程从头天傍晚时分开始，秦洛正夫妻俩辩论争吵，到最后揭发秦复兴，一共不到两天的时间。这以前的事，只通过秦洛正的唱和白予以透露，节省了许多笔墨。

“（唱）：秦洛正这几天心神不定，左一思右一想坐立不宁；只因为要实行土地改革，村子里这几天乱哄哄！上头说论成分俺是中农，动员我秦洛正参加斗争；又听说这一回就是共产，谁有地就斗争一刀切平——一样话两样说黑白不同，站在这双岔路我不知西东！”一听就知道，土地改革的风声已经闹腾好多天了。至于后来如何改革也没有提，因为剧作家的目的，是反映秦洛正夫妻对土地改革态度的转变过程，以及扑灭反动势力的阴谋。

第三，矛盾集中。《秦洛正》里的矛盾可谓纷繁复杂：一是秦洛正自身的矛盾心理——对是“团结”还是被“斗争”一直狐疑不决；二是秦洛正与妻子对此事、对家产态度的分歧与争吵；三是秦洛正家与地主秦复兴家的恩怨纠葛；四是共产党王洛良与地主争取中农的拉锯战；五是秦洛正夫妻与牲口贩子之间的利益争取……但最主要的矛盾是共产党与地主的矛盾——斗争与被斗争的关系，这是主线，在暗中牵引。这么多的矛盾在不到两天的时间里、一个场景里进行凸显，自然使得剧情紧凑紧张。

第四，情节巧妙。“文似看山不喜平”。《秦洛正》正是这样的力作。

第一场，秦洛正夫妻争论后，还是拿不定主意，就以秦洛正再去打听风声而收场。这个收场是故意为第二场秦复兴来拉拢秦洛正以及出现反复作伏笔。

第二场，剧作家先让共产党干部王洛良上场，提出要去中农家做工作，但并没让王洛良直接就到秦洛正家，而是在这个当口安排秦复兴到秦洛正家进行拉拢，直到秦复兴对秦妻顺利完成统一战线时，才忽地又让王洛良跟着秦洛正来家。王洛良来家里是正大光明，秦复兴来家里是鬼鬼祟祟，邪不压正，自然要躲起来。这样一来，反而让王洛良先把秦洛正的思想打通了。这就给秦复兴出了个难题，波折再生。第二场的王洛良、秦复兴交互出场，充分说明了正、反两面斗争的紧张性和紧迫性。最后，秦复兴终于把秦洛正也拉拢了过来，这就为他第二天晚上逃到秦洛正家埋下了线索。

第三场，秦洛正夫妻偷卖骡子时，剧作家两次插入王洛良来找秦洛正，后一次“竟然”让秦妻偷听到抓“秦……”的骇人消息。剧作家就是这样“故意”给秦洛正夫妻制造紧张气氛，推动剧情的发展。

第四场，逮捕秦复兴。剧作家又设计出秦洛正偷运钱粮被发现逃回家中，而秦复兴也逃到他家中的场景。在家中躲藏时，剧作家有意让秦复兴躲藏的柜子上了锁，而秦洛正躲藏的柜子则来不及上。这就为秦洛正被先发现闹出误会和笑话打下了基础。同时通过奉还秦洛正丢掉的钱粮，让秦洛正夫妻彻底明白、主动揭发秦复兴有了前提。

第五，结构严谨。由于剧作家善于设计情节，所以《秦洛正》的结构显得严密合理，每一场景及唱词对白，都是前面事情的合理发展，又是后一场景的有机铺垫，可以说是有因有果。

比如，第一场秦洛正夫妻的辩论中，显示了秦洛正妻子倾向于谣言，这给第二场秦复兴能够在秦洛正被反正的情况下仍被“反反正”的成功埋下了伏笔。正因为秦复兴做通了秦洛正的工作，所以逃跑中被逼无奈时才会选择躲到秦洛正家。第二场里秦复兴做思想工作手段的老辣精明周密，也给第四场他先提出给柜子上锁埋下了隐线，这更进一步说明了秦复兴的精明周密。秦洛正的柜子之所以没能锁上，恰是秦洛正遇事慌里慌张、顾东不顾西的特点的自然结果。正因为秦洛正的柜子没来得及锁，所以才被民兵先搜出；正因为被先搜出，所以才受到群众的批评教育；正因为受到了彻底教育，所以才最终有了夫妻俩主动揭发秦复兴的行动。可见，剧作家在安排剧情结构时，是多么周到严密、滴水不漏啊！

第六，善用后场烘托、对比催生气氛。第一场一开始，剧作家就安排让秦洛正在“（后台屋顶广播声：‘注意了——老乡亲们——今儿黑价在老爷庙开土地改革动员大会——老乡亲们吃了饭快快集合吧——快快集合吧！’）”中出场，衬托出秦洛正的狐疑和焦虑不安。第二场王洛良一出场，每句唱词的后三字用后台合唱的方式予以重复，彰显了火热的土改生活和共产党的光明正大，又反衬了秦复兴的阴暗卑鄙。第三场，先把秦洛正卖骡子的情景以正场显示，而到了王洛良来找他时，偏把他和牲口贩子的讨价还价用后台的声音予以显示，则是为了表现他们的行为是神神秘秘、躲躲藏藏、见不得人的。这些后台声音，有力增强了紧张气氛。

第七，实施“人民战争”。如果把《秦洛正》与《周子山》、《白毛女》比较来读，就会发现这样一个现象：三剧的最后一场（或小场）有一个共同特点——群众演员多、台词多。这说明剧作家特会打“人民战争”，用群众来铺张声势。所不同的是，《周子山》、《白毛女》里呈现的是人民群众或者受害人对反动分子等坏人的控诉与仇恨，而《秦洛正》则是自己人对自己人的批评教育。

二、人物栩栩如生

评价一部剧作是否成功，人物形象非常重要。

《秦洛正》剧中，秦洛正的老实巴交、狐疑不定和略带倾向共产党，秦妻的偏信谣言、错认坏人和看似精明周密，秦复兴的负隅顽抗、老奸巨猾和善于伪装，王洛良的意气风发、以理服人和讲究政策，都给读者留下了深刻印象。另外，经纪人小贝和牲口贩子小该的沆瀣一气、乘人之危和坑人肥己的形象也活灵活现。

就拿地主秦复兴来说吧，在第二场，他一上场就表现了与劳苦大众的对立立场，反动面目暴露无遗——

（唱）不怕那个狼来不怕虎，就怕那个穷光蛋敲大鼓；不怕那个水来不怕火，就怕那土地改革斗争我！这伙子穷鬼得了势，秦复兴跌倒泥坑里；跌倒在地我心不甘，翻来覆去打算盘……今天到洛正家里去，联络联络好防备。

（白）哼！我秦复兴祖宗三代住在这秦村，只要我在这当街上一跺脚，哪个胆大的不低头?！……哼，想不到这会儿……刨我的老根来了！……好，我有我的主意，别光看这会儿，等着吧，穷小子们！……

秦复兴正是失势的欺压人民的地主阶级的典型代表，体现了他们不甘失势、顽固不化、伺机反抗、幻想卷土重来的反动性。

秦复兴过去有对不起秦洛正家的事，偏偏还要在这个关口去拉拢秦洛正。原因很简单：大家都住一个村，又是本家，谁是什么样的人，狡猾的秦复兴一清二楚。对当时村里的中农谁倾向共产党，谁模棱两可，谁持反对态度，他早已胸有成竹。之所以最终选定秦洛正，就是因为秦洛正老实巴交、没主见、好哄骗；同时，也多少知道秦妻的倾向。在准备拉拢之前，他早就盘算好了对策。对于一肚子阴谋诡计的他来说，对付秦洛正两口子完全是小菜一碟、不在话下的。

先看看秦复兴是如何说服秦妻的。

秦复兴到秦洛正家的时候，只有秦妻在家。秦复兴清楚两家的旧恩怨，秦妻心里有一定的芥蒂实属正常，所以就装出慈祥亲切的样子，先试探问洛正是否去开会，一听没去，心里就放心了一半。在秦复兴看来，这说明秦洛正还有拉拢的可能性。随后，他笑容可掬地主动认错，取得秦妻的原谅后，他又以自家人大辈子叔的身份进一步拉近关系，让秦妻认识到自家人不能窝里斗，要和睦。在进一步得到认同后，他才说出了关键点——“再说，又逢上这个年月，村里头闹成这样，自己爷儿们再不一心，那可就要吃亏……”因为秦复兴的话戳到了秦妻的心病，秦妻就迫不及待地询问解决的办法——乖乖地上了套儿。

由此可见，秦复兴对秦妻的策略主要是步步为营、稳扎稳打，攻心战术用得十分圆熟。而秦妻从开始的不知所措到原谅，从原谅到认同自家人要和睦，再到被戳住心病反而向大辈子叔求教办法，防线一步步被剪断，不知不觉地上了秦复兴的贼船。

但事不凑巧，当秦复兴的统一战线策略旗开得胜、正准备乘胜追击的时候，事态陡然发生了逆转。农会干部王洛良这时跟着回家的秦洛正来到了家里，自己准备争取的对象反而先被王洛良用事实正大光明地说服了——也准备加入农会。特别是王洛良专门提了秦洛正被害蹲“下处”的往事。这一切，让躲在里屋的秦复兴听得明明白白。面对突发逆转的情况，诡计多端的秦复兴不仅没有知难而退，反而紧紧抓住秦洛正的弱点，巧妙利用秦妻这个统一战线的助力，挽回了秦洛正的心。

秦复兴是如何挽回的呢?

原来，他竟不惜屈尊降格给晚辈下了跪，以求得原谅。亏他做得出来。正兴高采烈的秦洛正突然看见秦复兴原来就在自己屋里，本来已经很惊愕尴尬了，这时更不知所措，只得请秦复兴站起，毕竟是本家长辈。然后，秦复兴又用假惺惺的悲伤取得同情；接着，再话中带话撩拨秦洛正夫妻——“其实我这话说不说的吧，顶不了什么事，我也不像人家那么会灌米汤……”听起来倒是一副老实人好心反被当成驴肝肺的真诚。本来秦妻就一直向着秦复兴，不由得秦洛正不慢慢地从“尴尬”到“惊愕”，到“不知所措”，到“莫名其妙”，最后，终于沉不住气了。“这……这是怎么回子事？复兴叔……你还是说……”听得一个晴天霹雳——原来人家共产党早就内定好了斗争对象，不仅有“复兴叔”，竟然还有自己，你说吓人不?!怎么办？当然得抓紧向“一家人”讨主意啦——掩藏、变卖、运出家产。

秦复兴在这里用的是能屈能伸、欲擒故纵、旁敲侧击的迂回攻心术，再加上他后来给秦洛正家出的馊主意，充分彰显了他奸诈、老谋深算的特点。而从中国农民传统文化心理来讲，因为秦复兴是地主兼本家长辈，在农村，晚辈对长辈、弱者对强者自然形成了一种敬畏心理，以及遇事相信自己人的心理。这种心理，在冥冥中帮助了秦复兴。

剧中还有一个隐形人物，叫“老陈”，是上级派下来帮助该村进行土地改革的，是王洛良在工作上能够大胆、负责的精神支柱。这个人物对于全剧也很重要。

三、语言本色严谨

戏剧是表演给观众看的，因此不能像诗、词、赋那样文雅高深，而要求生动活泼——唱词通俗化、对白口语化。特别是作为宣传发动劳动人民的作品更应该如此。剧作家深知其中奥义。

《秦洛正》的语言有以下特点：

一是大量运用方言，给人亲切感。例如，“不沾”，就是不行、不同意的意思，是剧中的常客；“拤把”，是指剥削、勒索或压迫之意。另外，“下处”（指监狱）、“耳闭”（耳聋）、“遇事儿”（结婚）、“庄壳”（房产）、“头口”（牲口），等等的运用，对于当地群众来说，有身边人、身边事之感，听起来十分亲切。

二是大量运用俗语，给人生动感。例如，秦妻埋怨秦洛正“夜蝙蝠搁不住太阳照，一头碰死南墙里（唱词）”，嘱咐秦洛正打油“小心点，别烧纸惹出鬼来……”，自言自语“事到如今没法办，针尖上走道作了难（唱词）”；秦复兴哄骗秦洛正时说“撒了红豆逮鹁鸽”，等等，既生动又艺术，十分贴切当时的情景。

三是主动运用术语，给人翔实感。每个行业都有自己行业的专业术语，牲口交易也不例外。第三场秦洛正夫妻与小贝、小该偷偷交易的时候，就运用了多个行业术语。例如小贝对小该偷夸秦洛正的骡子——“不赖，我见过：前大后大，口又轻……”“前大后大，口又轻”是好骡子的一个通用标准。再比如，小该为压低价钱，故意贬低骡子是“靠锅台”，意思是有喘病。当听到秦洛正反驳“我使了年把的个骡子我还不知道?”的时候，他故意更往下贬低骡子：“……哎呀，更不沾啦，是个‘花嗓’……”这里的“花嗓”是指喉管里呈花斑状（其实两者都没有）。剧作家如果没有深入生活，不熟悉牲口交易的行业术语，是不可能写得这么翔实专业的。

四是通篇运用口语，给人地气感。剧作家考虑到观众都是普通老百姓，如果用“之、乎、者、也”之类的语言，群众不买账；同时，剧中人物又都是乡村人物，用“之、乎、者、也”之类的语言也不符合人物身份和剧情，所以通篇运用的是口语。对白，是随意的家常话；唱词，也是脱口而出的口语。例如秦复兴在拉拢秦洛正夫妻成功后，怕走漏风声，专门交代：“……不是那真正的老实人们可不能给他们说呀!”“好，那么着我就走啦……以后我还短不了再来个一趟两趟的，有事再商量……”等等，使剧本特别接地气。

除了以上特点，《秦洛正》的语言还有一个特点：严谨。

剧作家特别注意情节的逻辑合理性。例如第三场，因为第二天王洛良第一次找秦洛正时，秦妻推说不在家，王洛良就说马上要开会，让秦洛正也去。所以，当王洛良再次叫秦洛正时，剧作家在考虑王洛良的话语时就拿捏得十分合度：“嫂子，会开了有一会儿啦，我当是洛正哥在呢，弄了半天没他，我抽空出来叫他一声!”这里的“抽空”就用得十分严谨。因为王洛良是贫农团主席，又逢土地改革这样的大事，他既要争取中间派，还得防备、打击反动派，肯定忙得不可开交。“抽空”一词既表明了他的“忙”，也表明了他对工作的严谨细致、极端负责，又符合实际情况。如果去掉“抽空”一词，读者就会反问，你一个主要领导，不是正在开会吗？派个人就行了，还用亲自来？

同时，全剧中的语言，都非常符合人物的身份、心理和场景。

四、巧用“闲篇”、“碎语”

《秦洛正》里，剧作家还喜爱用曲里拐弯儿的“闲篇”和“碎语”。

先说“闲篇”。剧作家为了让剧情更加曲折生动，所以不惜笔墨故意制造“闲篇”。乍一看，骡子交易就像个“闲篇”，因为与主题“无关”。为什么剧作家偏要制造这个“闲篇”呢？其实“闲篇”并不闲。

解放前，在当时生产力极其低下的农村，“三十亩地一头牛，老婆孩子热炕头”是每个农民家庭的渴望和梦想。家里有了牲口，既代表这样的家庭还过得去，同时，牲口的存在将极大地解决家庭耕地、拉车、打场等繁重的劳作问题，可以说真是一家的命根子。在这种时代背景下，剧中秦妻提出要把骡子卖掉，秦洛正着实无法接受。如果没有了牲口，二十亩地的劳作量全靠人力，非把农事耽误不可。

既然这样，由卖骡子引起夫妻俩争吵当然不可避免。更重要的是，卖骡子的剧情不仅写出了秦洛正的痛苦，又写出了经纪人、牲口贩子的投机心理；不仅为王洛良正面争取制造机会、增强紧张气氛，又为最后一场共产党归还秦洛正钱粮提供了依据。

再说“碎语”。《秦洛正》里有好多看似不必要，但实在又很必要的“闲言碎语”。例如，第三场王洛良第一次来找秦洛正时和秦妻的对话——

王：洛正哥！洛正哥！

（妻急上，先向门外窥听）

王：洛正哥！洛正哥在家吧？

妻：（听出是王的声音，故意装作自言自语地）咳！这个人哪，一天都不着家，饭也不回来吃，也不知道哪儿去啦……（开门）唔，是他洛良叔呀？快屋里坐会儿！

王：（进门）怎么？洛正哥不在家？

妻：可不，我才还念叨他呢！有什么事儿吗？

王：这个……

妻：有什么事你说吧，他回来我说给他！

王：唔，是这么个，嫂子，听说夜儿黑价秦复兴偷偷出来不知道上谁家去啦……

妻：（悄悄吃了一惊）……

王：哎，嫂子，他没上你家来？

妻：哎，没价！他怎么能上俺家来！

王：嫂子，是这么回事：秦复兴这老小子诡计多端，咱们可不要上了他的当！

妻：那可不能，这工夫谁不明理，可不能那么个！

王：那么着就好。今儿咱们新农会成立啦，马上就开会，给大伙儿说说这事，待会儿洛正哥回来了叫他来吧，在西头洛贝院里！

妻：唔，行喽！

王：那我就走啦！

妻：你不待会儿啦？

王：不啦，不啦。（出门下）

（妻关门）

（秦急上）

因为正在偷偷交易，秦妻心里自然是紧张的，所以，王洛良来找秦洛正时，她不得不虚假应付。加着重号的部分，前面一段话是秦妻故意那样说，目的是让王洛良以为秦洛正真没在家，这叫“打掩护”；后一部分，王洛良当真以为秦洛正没在家，就回去，双方的对话看似属于不必要，但其实不然，如果不要的话，王洛良就无法下场，更显示不出秦妻的虚假——“妻：你不待会儿啦？”的真正含义是“你快点走吧，走得越快越远越好，这样我们卖骡子才不会被发现。”

可见，这样的“闲篇”、“碎语”实在是不能少的。

另外，此剧的心理刻画也非常成功，也是本剧一大特色。

总之，《秦洛正》给了读者很多艺术启迪。尤其值得我们珍视并传承的创作经验有以下三点。

一是只有坚持以人民为中心的创作导向，才有可能创作出人民喜闻乐见的作品来。《秦洛正》就是一部被群众喜爱的好作品。综观剧作家一生的创作，不管是诗歌，还是戏剧、歌词，无不与人民的命运息息相关。

二是作家一定要深入生活。只有深入生活，才能挖掘到富有生命力的素材、语言等，才有可能创作出富有生命力的作品来。

三是雅俗共赏应成为作家诗人的毕生追求。明末清初著名诗人吴伟业创作的戏剧《通天台》，不管立意还是语言都值得称道，但一个最大的遗憾是剧词太雅，不适合舞台演出，因为老百姓听不懂。所以自诞生以来，只能作为文人案头剧来欣赏，与老百姓无缘。而像《窦娥冤》、《赵氏孤儿》、《李逵负荆》、《柳毅传书》等，则因为雅俗共赏，不仅文人喜爱，老百姓更是喜爱得不得了。因此，要繁荣当代的文艺创作，就既要下里巴人，也要阳春白雪，真正做到雅俗共赏，百花齐放，才能服务于最广大的人民群众，产生较大的社会影响力，推动社会的不断进步。

文学理论·丰富·拓展

谁是文艺疏凿手
——贺敬之对中国社会主义文艺理论的丰富和发展

在中国现当代文学史上，特别是诗歌史，贺敬之是作家中“最突出的代表之一”。他不仅以经典名剧《白毛女》（主要执笔人）为中国新歌剧的发展奠定了基础和开辟了道路，更融合中国古代、民间和国外诗歌的有益形式开创了一代诗风；不仅在古体诗的解放上做了积极深入而又卓有成效的探索，更在文艺理论的创新上做出了有目共睹的贡献。

贺敬之是一位与时俱进的剧作家、词作家、诗人、马克思主义文艺理论家。下面即就他在丰富和发展社会主义文艺理论上的贡献作一初探。

关于“革命浪漫主义”

早在1938年，毛泽东为延安鲁迅艺术学院题词：“抗日的现实主义，革命的浪漫主义”。1958年3月成都会议上，毛泽东谈中国诗的出路时指出：“第一条是民歌，第二条是古典。

在这个基础上产生出新诗来，形式是民族的，内容应当是现实主义和浪漫主义的对立统一……在文学上，就是要革命的现实主义和革命的浪漫主义相统一。”这是“两结合”创作方法的正式提出。

对于“革命浪漫主义”，贺敬之进行过深入探讨，并在创作中认真实践着。他有专门的文章论述革命浪漫主义，即1958年4月和6月分别撰写的《漫谈诗的革命浪漫主义》、《谈歌剧的革命浪漫主义》。特别是前者，通过回顾总结古今中外诗歌发展历程，较为系统地提出了对革命浪漫主义的理解。

在《漫谈诗的革命浪漫主义》中，贺敬之从一般浪漫主义入手，指出：

……任何民族从一有它的文学起，浪漫主义就和现实主义一同产生了……人民劳动着、斗争着，同时也希望着、幻想着。这就决定了必定有现实主义，同时必定有浪漫主义。而人民的劳动、斗争永不会停止，希望、幻想也永远不会停止。因此，现实主义和积极的浪漫主义也就永远不会终结。文学史上有成群的什么什么“主义”死亡了，或者将要死亡，只有现实主义和革命浪漫主义这两棵连根大树万古长青，向前发展。(《卷3》77页)

在这里，贺敬之道出了浪漫主义产生的原因，肯定了其极强的生命力。他接着说：

值得骄傲的是我们民族的诗歌，从屈原、杜甫到毛泽东、郭沫若，给我们划出了深刻的现实主义发展的一条红线，同时

也划出了壮丽的、积极的、革命的浪漫主义发展的一条红线。(《卷3》77页)

同时，他不无遗憾地指出：

我们的文学史家和文学批评家常常把这两条同时发展的红线只当做一条红线介绍给我们。他们仿佛不大理睬积极的、革命的浪漫主义这条红线，至多只当做一个小小的线头而已。(《卷3》77页)

贺敬之通过从古到今的大量事例，无可辩驳地证明了浪漫主义或革命浪漫主义的存在；并指出了古代浪漫主义作家的时代局限性，批评了消极的浪漫主义，肯定了积极的、革命的浪漫主义。他说：

只有到我们这个时代，无产阶级革命和社会主义建设的时代，革命浪漫主义才能得到最充分最完满的表现。(《卷3》80页)

从高尔基的《海燕》在无产阶级革命的大风暴中飞了起来之后，社会主义文学（包括我国的社会主义文学在内）发展的事实证明：正如社会主义现实主义才是最好的现实主义一样，社会主义的革命浪漫主义才是最好的浪漫主义。(《卷3》80页)

随后，贺敬之列举了毛泽东、郭沫若、李季等大诗人的作品来证明。

由此，贺敬之对革命浪漫主义形成了自己的理解：

一、必须有理想。

二、正因为如此，诗人的胸怀必须是共产主义者的无限广阔的胸怀。

三、正因为如此，诗人必须是集体主义者，是集体主义的英雄主义。

四、为了表现革命的理想，表现共产主义的广阔胸怀和英雄气概……诗人有最大的权力运用“不平凡”的情节，运用夸张、想象、幻想的形式。(《卷3》82页)

贺敬之要求破除思想上的“小脚婆姨”精神（即保守主义）和资产阶级或小资产阶级的个人主义。

贺敬之之所以得出以上结论，既是他对浪漫主义发展历程的认识，更是他自己创作实践的理论总结。他的《白毛女》、《放声歌唱》、《十年颂歌》、《东风万里》等作品，就是体现着上述观点的、深刻的现实主义和革命浪漫主义相结合的杰作。

贺敬之提出的以上基本观点，是值得我们认真遵守并躬身践行的，特别是对于中共党员作家来说。现在我们重温贺敬之的这些论述，无疑具有积极的现实意义。

关于文艺“为人民服务，为社会主义服务”

党的十一届三中全会以后，工作重心转移到了经济建设上来。文艺究竟为谁服务的问题，十分迫切地摆在了党和广大文艺工作者面前。

1979年年底，邓小平在全国第四次文代会上的祝词中强调：“继续坚持毛泽东同志提出的文艺为广大人民群众、首先为工农兵服务的方向。”

1980年1月23日，贺敬之在中宣部第三次理论座谈会上指出：

一个口号的提出，有时是表述一个历史运动目标的完整概念，有时是表述其中一个要强调的东西。前者的好处是比较完整，但不容易突出重点。后者的好处是抓住主要矛盾，突出重点，但不完整、不全面，有被绝对化、被庸俗化、被歪曲的可能……（《卷3》233页）

基于这样的理解，贺敬之联系当时文艺界的实际，建议道：

对我们的文艺方向的概括性的表述，是不是可以在“我们的文艺要为广大人民群众，首先是为工农兵服务”之下，加一句“为社会主义服务”？（《卷3》235页）

提出这个建议后，贺敬之作了解释：

光提前一句，可能使有些人误解为只是一个服务对象问题。加上后一句，可以简明地指出时代特点，指出对文艺的思想内容和社会功能的要求。虽然“培养社会主义新人”等四句话就是说明对思想内容和社会功能的要求的，但语言文字显得长了，不便于记诵。它可以作为对“为社会主义服务”的具体解释。这里边包括社会主义的政治、经济和精神生活各个方面，可以避免片面性、绝对化的毛病。而“服务”这个字眼是可以被大家接受的，丝毫没有贬低文艺的意思。（《卷3》235页）

贺敬之的这个建议，在表述上是完整的、科学的，得到了大家的赞成。

1980年2月，贺敬之向新任中共中央总书记胡耀邦汇报这个问题时，胡耀邦对前一句提出，是不是可以简化为“文艺为人民服务”就可以了，贺敬之表示赞同。

同年，时任中宣部部长王任重在全国出版工作会议上，正式宣布了中共中央把文艺工作的总口号调整为“为人民服务，为社会主义服务”的决定。当月26日，《人民日报》发表了由贺敬之主持、有关同志参加起草、广泛征求意见，并由贺敬之修改、经王任重和朱穆之改定的社论《文艺为人民服务，为社会主义服务》。(详见《卷6》375页至378页)

“文艺为人民服务，为社会主义服务”口号的提出，得到了社会各界的高度评价，普遍认为是文艺战线拨乱反正、消除极“左”影响的重要成果。显而易见，在这个口号的形成过程中，贺敬之的贡献是不容置疑的。

关于“主旋律”和“多样化”

比起“二为”（“文艺为人民服务，为社会主义服务”）上升为国家文艺方针的时间进度来说，“主旋律”和“多样化”可以说经历了一个较为漫长的过程。

自二十世纪七十年代末起，文艺界右的倾向开始抬头，后来逐渐演变为资产阶级自由化，一些作家、理论家在创作上和理论上要求完全脱离党的领导，肆意曲解“双百”方针，奉西方资产阶级思想、西方现代派为圭臬，完全排斥社会主义的东西，在社会上造成了严重影响。

这种崇西排民、崇资排社、崇私排公、崇腐排正、崇个排群的情况，不能不引起坚持社会主义文艺方向的贺敬之的警惕。应该坚持什么、抛弃什么，应该重点坚持什么、抛弃什么，经常出现在他的讲话中。

1983 年 7 月 14 日，贺敬之在文化部第四届戏曲演员讲习会上，首先提出了“用什么来为人民服务，向人民提供什么样的精神食粮”的问题。

他指出：

我们要注意作品的内容，应当是健康的，有益于人民的，有益于社会主义事业的……从整体来讲，我们的文艺要有表现社会主义、共产主义的思想内容，要以这为核心，以这样的作品在整个文艺中起主导作用，这才叫社会主义的文艺。（《卷3》462 页）

同年 8 月 13 日，在观看《中国革命之歌》试排后，贺敬之强调了同样的观点：

社会主义文艺要以共产主义思想为核心，也要表现社会主义、共产主义的思想内容，没有这个怎么叫社会主义呢？在题材问题上，要讲多样化，内容、形式、风格都要多样化，但毕竟要有一个重点。我们要毫不含糊地承认这个重点。（《卷 3》470 页）

同年 12 月 29 日，贺敬之在中宣部召开的歌剧座谈会上，谈到“如何理解‘双百’方针”问题时又一次强调：“‘百花齐放’要有重点，重点就是我们自己的民族化、革命化、群众化的歌剧。”（《卷3》497 页）并要求剧团院团“建立、坚持并发展自己独特的风格，而不能要求它去搞‘百花’”。（《卷3》498 页）

1984 年 4 月，贺敬之在煤矿文学优秀作品授奖大会上再一次强调：

……百花齐放不是不要重点。重点就是体现社会主义文艺主要的、本质的特征，体现社会主义文艺同封建的、资本主义文艺的本质区别，因此必然会成为社会主义文艺创作的首要任务。（《卷4》46 页）

在以上的讲话中，贺敬之虽然还没有提出“主旋律”的概念，但已经为“主旋律”奠定了基础，这个基础就是“重点”。

1984 年 5 月 5 日，在全国城市雕塑第二次规划会议上，贺敬之专门论述了“‘一’和‘多’的关系”，明确提出了“主旋律”一词。他说：

“多”是指多样化，“一”是指要有重点、有主调、有主旋律。这两者的关系要处理好。毫无疑问，我们要的社会主义文艺，不能是多种思想倾向不分是非，多种艺术表现不分优劣和主次，一概兼收并蓄的大杂烩。我们要以革命的思想内容和更能表现这种内容的主题和题材作为主旋律，以民族风格为主调，以能为更广大的人民群众喜闻乐见为重点。只有坚持这样的“一”，才能体现我们的社会主义城市和具有我们民族特色的社会主义文艺的本质特征……（《卷4》54 页）

不论是从艺术本身的特征来看，也不论是从艺术的客观社会功能而言，我们都要坚持这个“一”。但这个“一”绝不是唯一。这个“一”决不能离开“多”。这就是说，还必须有多样化。不仅在形式风格方面要有多样化，在思想内容上也要有多样化。不仅在革命化的思想内容的表现上要有主题、题材的多样化，还要有思想内容本身的不同层次、不同高度，例如共产主义、社会主义、爱国主义、民主主义，以及一般性的健康有益等等的多样化。不仅在民族化、群众化的统一要求下，应当有实现这个要求的不同途径、不同地方特色、不同的艺术流派和艺术家个人独创性等等内部的各个层次上的多样化，还应当允许在政治方向一致的前提之下，在艺术民族化要求之外的某些艺术现象的存在和发展，因而形成更大范围的多样化。(《卷4》56页)

这样许多方面的多样化，是社会生活多样化和读者、观众艺术爱好多样化的必然反映，是由艺术发展的客观规律所决定的。这样的“多”和“一”是相一致的。二者是相辅相成的辩证统一关系。坚持“一”，就是为“多”的发展而加强主体和核心的力量。坚持“多”，就是为了“一”的壮大而提供实际可能和促进的力量。因此，我们的社会主义文艺……既要坚持“一”，又要坚持“多”。既不能为了“多”而忘掉“一”，也不能为了“一”而忘掉“多”。(《卷4》56页)

在这里，贺敬之虽然详细论述的是“一”和“多”的辩证关系，其实，就是“主旋律”和“多样化”的辩证关系。

至此，应该说“主旋律”和“多样化”的提法已初步形成。

“在这之前，电影局规划创作题材时使用过‘主旋律’一词。但由文艺界领导人从整个文艺创作发展的角度，从理论上加以阐述，这还是首次。”贾漫《“我不是文艺理论家”》一文指出，作为文艺界领导人，是贺敬之最初采用这个提法并进行阐述的。

在以后的时间里，“主旋律”和“多样化”就经常出现在贺敬之的讲话里了。

1987 年 3 月 2 日，在全国故事片厂长会议上，贺敬之针对文艺界“指导思想上的多元化”现象，严肃地指出：

……不能把四项基本原则和“双百”方针对立起来。一定还要讲多样化，一定还要坚持“双百”方针。当然，我们也毫不掩饰地讲，“双百”方针是有主调的，是有指导思想的，是有党的领导的。百家之中，只给马克思主义以“一家”的地位而不是主导的地位和指导的地位，这是错误的……（《卷 4》221 页）

……文艺必须为社会主义、为人民服务，这里没有“多元化”的问题。社会主义文艺的方向只有一个，就是社会主义方向，也没有“多元化”问题……作品的社会主义和共产主义的思想内容，应该成为我们文艺的主旋律。我们的主旋律必须反映时代精神，塑造社会主义新人，给人们以鼓舞和鞭策，而不能贬低、丑化、歪曲我们的社会主义。这个主调、主旋律过去

不能含糊，今后也不能含糊……（《卷4》222 页）

以上讲话中，贺敬之着重强调了指导思想和文艺方向不能“多元化”。

随后的3月3日，贺敬之又表达了相似的观点。

1990年1月5日召开全国文化艺术工作情况交流座谈会和2月9日召开全国话剧戏曲创作座谈会，贺敬之又强调了这个观点，还提出了“有主旋律还要有副旋律，有主调还要有副调，才能组成交响乐”（《卷4》309页）的观点。但他同时又强调：“没有主旋律是不行的。没有主旋律就不能体现我们时代的特征，不能从根本上满足人民的需要。”（《卷4》309页）

当年11月19日召开全国歌剧观摩演出座谈会，贺敬之又一次论述了“主旋律和多样化”问题。在这里，他对“主旋律”作品提出了自己的看法：

……对于“主旋律”，不能理解得很狭窄，也不能理解得过于宽泛。什么都是主旋律，也就没有什么主旋律了。我的理解，主旋律是指那些表现社会主义、共产主义理想，表现社会主义时代精神，表现社会主义时期主要矛盾，塑造社会主义新人形象，能够使人振奋、促进人民团结的文艺作品……（《卷4》346 页）

综上所述，贺敬之关于“主旋律”和“多样化”的阐述愈来愈深刻、表述愈来愈清晰。于是，这个提法就水到渠成、自然而然地写进了正式的文件中。

1991年3月1日，中共中央宣传部、文化部、广播电影电视部联合发布的《关于当前繁荣文艺创作的意见》，明确提出了“坚持发展多样化和突出主旋律的统一”。具体是这样的：

繁荣文艺创作，必须坚持以马克思列宁主义、毛泽东思想为指导，坚持“为人民服务，为社会主义服务”的方向和“百花齐放，百家争鸣”的方针，坚持文艺的多种功能的统一，坚持发展多样化和突出主旋律的统一……（《卷4》590页）

后来，以“弘扬主旋律，提倡多样化”为正式提法，写进了党的十五大和十六大报告中，成为了我国社会主义文艺的一个重要方针，被许多文艺家自觉地实践着、丰富着。

现在，当我们践行这个文艺方针的时候，不能忘记贺敬之对这个方针的形成做出的积极努力和贡献。

结束语

以上，笔者从三个方面谈了贺敬之对中国社会主义文艺理论的创造性贡献。

就贺敬之的理论贡献来说，除了上面提到的，还有他对“双百”方针的丰富和发展，他提出的“一手抓整顿，一手抓繁荣”、“重视艺术经验的记录、保存和研究”、“社会主义文艺的性质和特征”、“具有中国特色的社会主义文艺”、“反映社会主义时代，和人民群众结合”、“普及与提高结合，专业与业务并重”的观点，都是十分重要的。

还有，贺敬之提出了究竟“什么是文艺理论?”

他说："按照我们过去的理解，就是指关于文艺创作的理论。而现在，有一个重要的理论课题提到我们的面前，这就是关于整个社会主义文艺事业的理论。"（《卷4》34页）

特别是他的《关于建设有中国特色的社会主义文化的几点看法》一文值得重视。该文对党的十一届三中全会以来我国的文化工作进行了认真回顾和思考，系统总结了正反两方面的经验教训，站在党和国家文艺发展前途的高度提出了建设有中国特色的社会主义文化的八项必要保证，是我国文艺战线上一篇闪耀着马克思主义光辉的理论文献。（《卷4》375页）

总而言之，贺敬之对中国社会主义文艺理论的创造性贡献是十分宝贵的，值得我们深入学习、思考和传承，从而有利于我们以文艺的力量，服务于习近平新时代中国特色社会主义建设，早日实现中华民族伟大复兴的中国梦。

后　记

《贺敬之文集》是一片文学的海洋，无限的天光和云彩蕴含其中。

自2008年年初写出第一篇文章《浩荡胸襟抒豪情——读〈贺敬之诗选〉》后，至今已经十多年了。本书是笔者十多年来阅读《贺敬之文集》切身体会的一个集结。

最初打算，是想把自己写给贺敬之老师的诗、歌词、对联、信和体会集合在一起，请书画家赵雍老师题写了书名。后来，濮阳市作协主席李骞老师建议，不要把各种体裁杂糅在一起，而要专体。因此，就只把体会集合在一起，请词作家石祥老师题写了书名“贺敬之艺术赏析”。再后来，又感觉这个书名还是不能完全涵盖自己体会的所有内容，就和李骞老师商量，拟以“贺敬之及其艺术探究”为书名。直到2019年，哈尔滨师范大学的王宝大教授从综合角度考虑，建议书名定为

“贺敬之诗文艺术摭论”，笔者最终接受了这个建议。

2017 年 10 月，笔者把本书打印稿寄给了安徽大学文学院的张器友教授。不几天，就接到了张教授的电话。张教授既给予了鼓励，同时也指出了本书中存在的一些缺陷，如某些题目的语法问题，某些作品的引用时间问题等。按照张教授的意见，笔者对全稿进行了认真修改。

2019 年 4 月，由于偶然的原因，笔者和《贺敬之新古体诗选释》的作者、大连海洋大学名誉教授丁正梁老师谈起了本书的序言问题，丁老师随即跟哈尔滨师范大学的王宝大教授联系，请求王教授为本书作序。王教授欣然答应，不仅在百忙中抽空为本书写了近五千字的长序，还以书信和电话方式，提出了许多宝贵的专业性指导意见，让笔者受益匪浅。

衷心感谢以上老师们给予的无私帮助。

最后，笔者要感谢群众出版社易孟林老师及出版社其他老师的精心策划指导和专业编辑加工。没有他们的鼎力支持，本书是不可能与大家见面的。

韩彦军

2019 年 10 月 20 日于河南濮阳

图书在版编目（CIP）数据
贺敬之诗文艺术摭论／韩彦军著．—北京：群众出版社，2020.5
ISBN 978－7－5014－6110－3
Ⅰ.①贺…　Ⅱ.①韩…　Ⅲ.①贺敬之—文学研究—文集
Ⅳ.①I206.7－53
中国版本图书馆CIP数据核字（2020）第070946号

贺敬之诗文艺术摭论

韩彦军　著

出版发行：群众出版社
地　　址：北京市丰台区方庄芳星园三区15号楼
邮政编码：100078
经　　销：新华书店
印　　刷：天津盛辉印刷有限公司

版　　次：2020年6月第1版
印　　次：2020年6月第1次
印　　张：8
开　　本：880毫米×1230毫米　1/32
字　　数：151千字

书　　号：ISBN 978－7－5014－6110－3
定　　价：49.00元

网　　址：www.qzcbs.com
电子邮箱：qzcbs@sohu.com

营销中心电话：010－83903254
读者服务部电话（门市）：010－83903257
警官读者俱乐部电话（网购、邮购）：010－83903253
文艺分社电话：010－83903973